東方美人《オリエンタル・ビューティー》

かわい有美子

幻冬舎ルチル文庫

CONTENTS ✦目次✦

東方美人

✦カバーデザイン＝高津深春（CoCo.Design）
✦ブックデザイン＝まるか工房

イラスト・雨澄ノカ✦

東方美人
オリエンタル・ビューティー

一章

I

時は一九八×年のある秋の日、ベルリンの空はやや曇りがちだった。

東ドイツのフリードリヒ通り国境検問所を過ぎたアレクセイ・ヴァシーリヴィチ・レスコフは、一瞬、我が目を疑う。

アレクセイの目には、西側からは通称チェックポイント・チャーリーと呼ばれる検問所はいたって簡素な、背の低い建物に見えた。

東側検問所前には無表情な兵士が何人も、ものものしくライフルを背負って立っていた。すぐかたわらには高い監視塔も設けられ、少しでもおかしな素振りを見せれば、直《ただ》ちに発砲されることは明白だった。

しかし、西側の検問所は、東西冷戦の象徴とも呼ばれる世界的に有名な検問所としては、あまりにありきたりで特徴がない。

これでは道路の真ん中に設置された、フラットな屋根を持つただのゲートつきの小屋だ。拍子抜けするほどに小さい。

チェックポイント・チャーリーは、東西ベルリン間で外国人が通行可能な二つの検問所のうちのひとつで、もうひとつはフリードリヒシュトラーセ駅の検問所だった。このチェックポイント・チャーリーでは、徒歩と自動車の行き来が認められている。

東ドイツ側国境検問所で、アレクセイは英国人としてのパスポートを出した。

これはアレクセイがモスクワを離れる際に、事前に本部から渡された偽造パスポートだった。

西側からの日帰りの観光客を装って、荷物はごくわずか。ありきたりのナップザックひとつにまとめてある。学生風の洗いざらしたジーンズにラフなシャツ、厚手のバルキーのセーターを身につけ、手には英語の観光ガイドを持っただけだった。

下着から靴下まで、すべて支給されたのは英国製で、唯一、真新しいスニーカーだけが西ドイツ製という念の入れようだ。

本部は手の込んだ仕事ぶりを見せつけるかのように、アレクセイが今朝方、東ドイツへ入国したという偽の観光用一日ビザをご丁寧に用意していた。

東ドイツ側の国境検問所ではオートロックでドアの閉まる狭い部屋にひとりずつ入れられ、東ドイツ国境警備隊の人間によって荷物とパスポートのチェックが厳重に行われた。

検問所を通過する車は、一台一台トランクを開けられ、座席の下などをチェックされる。さらには車の下まで、鏡を使って東ドイツ国民が隠れていないかを執拗《しつよう》に調べられていた。

アレクセイはその様子を横目に見た。むろん、亡命は祖国ソビエトでも大罪だ。けれども、自国民が逃げ出さないよう、ここまで時間をかけて執拗に調べる国というのは、同じ共産圏の人間の目から見ても異様なものだった。

ならば、イギリスのパスポート所持者はさぞや…、と思った。

しかし、担当係官は共産圏の役人特有の無表情で、アレクセイの英国製パスポートに目を通しただけだった。ナップザックの中身をざっと確認すると、あとは咎《とが》めることもなく無造作に検印を押した。

今年、二十九歳になるアレクセイは、数年前、軍人としての優秀な成績や身体能力、そして、高い英語力によってKGB《カーゲーベー》から引き抜きを受け、工作員としての教育を受けていた。

そして数日前、この偽造パスポートと共にさる指令を本部から与えられ、モスクワを出発した。陸路でポーランド入りし、ワルシャワ経由で東ドイツに、そして東ドイツの首都であるこのベルリンへと入った。

実際に国を出て工作員としての実地訓練を受けるのは、今回が初めてだ。

ベルリンに赴けと言われてやってきただけで、詳しい実地訓練の中身については、何も知らされていなかった。

東ドイツの首都であるベルリン——そして、かつてのドイツ帝国の首都、さらにはナチス・ドイツにおいても首都であったこの街は、地図で見ると東西ドイツの国境にではなく、東ドイツ国内、しかもかなり東寄りのポーランドに近い場所にある。

つまり西ベルリンとは、社会主義国東ドイツの中にぽつりと孤島のように浮かんだ飛び地状態で、西ドイツからは地理的に隔絶された街だった。

第二次大戦後、敗戦国であるドイツは連合国側によって分割統治されていた。中でもベルリンの街は、当初はアメリカ、イギリス、フランス、ソ連の四カ国の支配下におかれた。

その後、ベルリンの統治支配権を巡って、ソ連とアメリカ、イギリス、フランスの三カ国は対立する。ソ連側のベルリン封鎖という物理的強硬措置を経た後も、結局対立の溝は埋まらず、やがて東ドイツ側——ドイツ民主共和国側の独立によって街は東西に分裂した。

ソ連の支配下にあった社会主義地域の東ベルリンと、アメリカ、イギリス、フランスの三カ国の支配下におかれていた資本主義地域の西ベルリン。

しかし、ベルリンの街が二つの国に分かれた後も、東ドイツからは、西ドイツ側——ドイツ連邦共和国側への亡命が相次いだ。

当時、東ドイツはソビエトによる社会主義統治が徹底され、言論や普段からの行動などに対しても厳しい統制が敷かれていた。さらには、ナチス・ドイツの残した負の遺産、莫大な額の戦後補償を抱えて、労働者への生産ノルマがどんどん厳しくなっていた。

東ベルリンと西ベルリンは、同じ街でありながらも過度なまでに経済格差が広がり、思想信条の自由でさえも極端に異なった、異色の街となっていった。

これを嫌い、ベルリンではより稼ぎのよい西ベルリンへと移り住む者や、東ベルリンに住みながらも西ベルリンへと働きに出る者が後を絶たなかった。

また、東ドイツ内にありながらも、唯一、東西間の移動が自由なベルリンを通って、西ドイツへと亡命してゆくものも数多くあった。

一度、西ベルリンへと入ってしまえば、アメリカやイギリス、フランスなどの三カ国の保護を受けることができ、東ドイツ側はいっさいの干渉ができない。

東ドイツ政府から見れば、首都ベルリンは国内にありながらも、パスポートさえあれば亡命者たちが合法的に西側へ抜け出ることのできる、いまいましい抜け穴でもあった。

一九六一年八月、労働力が西側へ大量流出することを恐れた東ドイツ政府の手によって、それまで東西の行き来が自由だったベルリンの街は、わずか二日間で、物理的に東と西とに壁で隔てられた。

ひとつの街を、しかも三百年以上の長きにわたって国の首都であった街を、何の予告もなく強引に壁で隔てるというのは歴史上例がない。

それだけ、東ドイツ側の労働力流出への危機感は切実だったのだろう。

アレクセイのいたソビエトや東ドイツ側共産圏では、建前上、この壁の話はタブーとされていた。

アレクセイの祖国にはタブーは多い。利口な人間ならば、表向きは口にしてはいけないことが何かをよく知っている。

それでも、東ドイツ政府が『対ファシズム防御壁』と呼び、設置を正当化したこの街を分断する壁の話は、やはり薄々洩《も》れ聞こえてくる。

しかし、アレクセイに出国直前に手渡された英語のガイドブックには、ベルリンの壁の設置の経緯から、これまでの歴史や亡命者の合計数、さらには壁を越えようとして射殺された市民の数まで、具体的な数字が事細かに記してあった。

アレクセイはそれに目を通した時、よく本部がこんなガイドブックを自分に持たせたものだと驚いた。

一九四九年の東ドイツ建国より、壁設立の一九六一年までの十二年間に、二百七十万を超える大量の人々が東ドイツから西ドイツへと亡命した。

壁の作られた一九六一年にいたっては、壁が実際に設けられるまでは一日に千人を超える東ドイツの人々が、西側へと亡命していたという。

壁ができたあとの亡命者は、すでに五千人に近い。

そして、壁を越えることができずに命を落とした人間の数は二百を超える。この数は、多いというべきなのか、少ないというべきなのか。

戦後、軍事的にも政治的にも東西対立の緊張がもっとも高まっている一九八〇年代の今、この分厚いコンクリートの壁で東西に隔てられたベルリンの街は、東西冷戦の最前線のひとつといわれている。

何の前触れもなく行われた壁の構築によって、職場などに出向いたまま、惨《むご》くも離ればなれにされた家族や親戚、恋人同士なども多い。

検問所前ばかりでなく、東側の壁の前では壁の無情さそのままに、背中に小銃を背負った警備兵が無表情に立っている。監視塔からは常に兵士が双眼鏡を使って壁前の無人地帯を監視しており、壁の周囲にはかなりの緊張感が漂う。

事実、二百人もの人間が家族や恋人たちとの再会、そして、自由を求めて、この無情なコンクリートの壁を越えようとし、無惨に命を落としている。

けれども、西側からはわずかにスタンプひとつで、容易に観光のための検問所の通過が認められる。

疑念を口にすることは絶対に許されていないが、両者の間にここまで歴然とした差があることが不思議だった。

その壁を、今、アレクセイは国からの命令によって、敵国の偽造パスポートを手に難なく越えようとしている。

単身で国を出るのも初めてなら、西側の地を踏むのも、アレクセイにとっては生まれて初めての経験だ。

ここからは、ひとりの英国人観光客として振る舞わねばならない。

それがアレクセイに課せられた、第一の指令だった。

西側の情報部は常にベルリン内の国境検問所を監視し、東側からの諜報員《ちょうほういん》の出入りを把握しているのだという噂《うわさ》も聞いていた。

しかし、他の観光客に混じって、わずかな緊張と共に東側ゲートからの二十メートルほどの距離を歩き、アスファルトの上に引かれた白いラインを越えて西ベルリン領内に入っても、それらしき気配――ものものしさや緊迫感といったものは、まったく感じられなかった。

それどころか、東側検問所の過剰なまでの息苦しさを思うと、西ベルリン領内では馬鹿馬鹿しいほどに陽気に何十人もの観光客が肩や腕を組んで写真を撮ったり、物見台のようなものに順番に登って、高い壁の向こう、東側検問所の方を覗《のぞ》いている。

集まっている人間は本当に物見遊山気分なようで、かたわらの売店では呑気《のんき》にソーセージをほおばり、ビールやコーヒーなどを飲む者も多い。

東側検問所前の静まりかえって張りつめた空気に比べると、この人々の賑《にぎ》わい、国境前のお祭り気分、雑然とした街の様子はいったい何なのだろうと、アレクセイは半ばあっけにとられて、それらを見た。

西側チェックポイント・チャーリーの係官たちは、東から出てきた人間を呼び止めようともしない。何の注意も払わないし、いっさいのパスポートチェックもない。

わずかに両国間を行き来する軍人達が身分証を提示しているだけで、一般市民の行き来を監視することなどはまったく念頭にないらしい。

第一、チェックポイント・チャーリー自体が、最初にアレクセイが我が目を疑ったように、わずかにコンテナを二つ並べただけの、あまりに簡素なものだった。

幾重にも鉄とコンクリートのゲートが並んだ厳重な警戒態勢を敷く東側のフリードリヒ検問所に対し、そこには、通行人や車の行く手を阻むゲートも、金網や柵《さく》すらもない。

東側の検問所を抜けてわずかに数十メートルを進んだだけなのに、こうも雰囲気は変わるものかというほどに西側サイドは緊張感も何もないただの観光場所と化しており、観光客以外のベルリン市民や行き過ぎる車はほとんど検問所に関心を払う様子もない。

――アメリカ管区はここまで――

東と西との境界を示す、英語、ロシア語、フランス語、ドイツ語の四カ国語で書かれた、東西両検問所の間の西側の看板を最後に振り返り、アレクセイはチェックポイント・チャーリーをあとにした。

もっとも、周囲は賑やかで、皆がライン越しに東側の方を覗き込んでおり、アレクセイが多少振り返ったところで、誰もそれに気をとめる様子もなかった。

それでもアレクセイは単身での任務に緊張を覚えながら、英語のガイドブックを頼りに、観光客に混じって地下鉄の構内へと降りた。

Uバーンと呼ばれる地下鉄の構内はタイル張りで、さすがにドイツというお国柄か頑丈そうな造りだ。しかし、大きな商業広告が並ぶ他には特に見るべき装飾もない。

もちろん、天井から煌《きら》びやかなシャンデリアが下がったモスクワの壮麗なまでに美々しいステーションとは、比ぶべくもない。

もっとも、商業用広告自体が共産圏には存在しないものなので、アレクセイは興味深くしげしげとその服飾メーカーやデパートの派手な広告を眺めた。

おおよそ、ソビエト国内で見かける写真やポスターとは正反対の、デザイン性と露出度の高いきわどい衣装。男女のモデルの官能的な微笑《ほほえ》み、あるいは逆に顎《あご》をあげてこちらを睨《にら》みつけてみせるような挑戦的な表情、持ち主の裕福さと自尊心を誇るような金の金具つきの贅《ぜい》沢《たく》な革の鞄《かばん》、あるいは香水のポスターのキャッチフレーズなど、ソビエト国内で見かけた労働意欲を向上させるための党のスローガンや、健全に働く男女の楽しげで健康的な微笑みを写したものとは、製作の根本となる価値観がまったく違っているようだ。

ポスターひとつとっても、こうまであからさまに違うと、逆に何かの風刺のようでおかしい。

まだまだアレクセイの想像を超えるものが、この西ベルリンの街にはあるだろうことが、この広告を見ているだけで十分に理解できた。

だが、のっけからアレクセイは予想外のものに驚かされることになる。

ホームで地下鉄を待つ間、ドイツ人は皆、頑固で質実剛健を旨としており、この構内のように、さぞかし無骨で実用本位の車両がやってくるのだろうと思っていた。

だが、ホームに入ってきたのは、鮮やかなまでにポップな色味の黄色い地下鉄だった。

アレクセイはそれとわからないほどに、わずかに目を見張る。

あからさまに表情を変えることのないように訓練されているものの、そのあまりにビビッドな色彩にはかなり驚いていた。予想のはるか上を飛び越えている。

ドイツ人は極端から極端へと走るという評価は、どうやら間違ってはいないようだ。この極端さは、ある意味、徹底している。

アレクセイはそんな派手な色彩のUバーンに乗り込むと、指定の駅で降りた。

駅の改札を上がった通りの向こうに、指示のあった本屋を見つける。

ずいぶんと大きな書店だった。

アレクセイは通りを渡る前に濃いブルーの瞳《ひとみ》を少し細め、その巨大な書店を見上げる。

ざっと見ただけでも四階建てで、通りからでも棚に並んだその豊富な書籍の量は十分に見て取れた。

ウィンドウには多数のベストセラー書や哲学書、写真集、絵本などが並べられている。

本の表紙には自由で伸びやかなタイトル文字が躍り、思わず手に取ってみたいような、魅力的で色鮮やかな絵や写真が表を飾っている。紙質もずいぶんいいようだ。

文字だけでなく、タイトルも多様で、検閲の厳しいモスクワではとても考えられないような個性的な、そして時にはシュールなタイトルが並ぶ。

ソ連では、厳しい検閲を経て発行された書籍は、まず十数万ほどある公立の図書館へと流れてしまい。市民が本屋で個人的に買える本は少ない。

また、すべての本は国が定めた一定の計画枠の中で発行されており、人気があるから、売れているからという理由で本が再版されることも、まずない。

一般にロシア人は読書好きで知られており、またトルストイやドストエフスキーなどの文豪を輩出《はいしゅつ》した自国の文学に誇りを持っている。

しかし、出版はすべて国家委員会の管理の元にあり、発行部数は需要や売れ行きなどよりも、政治的配慮と計画枠の中で決められる。出版物全体の七割が政治的なもので、残りのわずかに三割が芸術、教育関係だった。

そのため市民の間では、文学作品を中心とした評判のいい書物に対しては、慢性的ともいえる渇望感があった。

あまりに徹底した言論統制のため、党機関紙の全国紙『真実《プラウダ》』には真実は載らないという陰口すらまかり通っているほどだ。

検閲を経ないサミズダートと呼ばれる非公式な自費出版物などは内容も自由で人気があったが、正規の流通ルートを通らないためにこちらも発行部数は少ない。

本の闇市《やみいち》もあるにはあるが、そこで探しているものを手に入れることはほとんど不可能で、アレクセイ自身も本を読みたい時には、友人間での貸し借りや、タイプライターによる地道なコピーなどに頼っていた。

ベルリンに着いた時から、やたらと埃《ほこり》っぽく騒々しいばかりで、アレクセイはこの街に対してさほどいいイメージを抱《いだ》いていなかった。

けれども、こんな本屋が存在するなら悪くはないのかもしれない。

本屋ばかりではない。

慢性的に商品が不足しており、国営店内の棚にはあまり品物の並んでいないソ連とは違い、通りに面したショップには、商品があふれている。

党のスローガンが貼り付けられたポスター以外は、目立った装飾もないモスクワに比べ、街は刺激的なポスターや派手な広告、騒々しい音楽で埋め尽くされていた。

パンや肉、ハムを手に入れるために数時間にわたって、時には半日以上も、開店前から国営店の前に延々と並ぶ人の列もない。

ソビエトでは本当に欲しいものは店頭で手に入れるのではなく、友人、知人などのつてを頼って、何とか物々交換で手に入れるのが常識だった。

必要なものは店に行っても並んでいない。そもそも店頭に物が並ばない。空の棚やショーケースなど、日常的な光景だった。

アレクセイはまるで別世界のような街並みに、信じられないような思いで頭を振る。海軍時代、共産圏の国々には寄港したこともあるが、そんな共産圏の街とこの西ベルリンとでは何もかもが違いすぎて、とても同じ大陸の上にあるのだとは思えなかった。

まだ東ベルリンの方が、同じ共産圏であるせいか、街並みを見ても違和感がなかった。

店に入ったアレクセイは棚に並ぶ様々な本に気を引かれ、時にはさりげなく手に取ってみたりしながらも、時間通りに美術書のコーナーを目指す。

モスクワ本部からの指示は、美術書のコーナーにて、クリムトの画集を探せというものだった。

そこに、「伯爵」というコードネームを持つ男が来る。

有能であるという以外、男の容姿、年齢などについては、いっさい知らされていない。

ただ、その男の指示に従い、西側で非合法工作員としての訓練を受けよと言われているだけだ。

ここではまず、伯爵という男に出会うことがアレクセイの一番最初の関門だった。

ここで男と接触できなければ、アレクセイはいきなり失格者の烙印《らくいん》を押されることとなる。

それどころか、国と接触する術《すべ》もない。英国人としての偽造パスポートしか持たない身では、故郷レニングラードへと帰ることすら、ままならない。

最悪、東ベルリンに再び外国人観光客を装って入れば、ソビエト大使館に行くことはできる。だが、のうのうと大使館に救いを求めるような無能な人間を、本部はけして許しはしないだろう。

工作員としての活動がいつまで続くのか、また、今後、家族に連絡を取ることができるのかは知らないが、いつかは帰りたい、両親や兄弟、友人らの待つ国に…。

アレクセイはそんな緊張が顔に出ないよう、努めて平静を装って、店内を進んだ。

三階にある美術書のコーナーで、クリムトの画集を探すのは容易だった。

わざわざ棚を探さずとも、金箔《きんぱく》に包まれるようにして官能的に微笑む婦人の肖像が表紙となった画集が、平台の上に山と積まれている。

その美しさに思わず足を止めてしまうような、魅惑的な絵だった。

さっきも思ったが、良質な紙も印刷水準の高さも見事なものだ。

まずは指示をクリアできてほっとするような思いで、アレクセイはその画集を手に取った。

美術書コーナーに立つ、複数の人間のうち、誰が「伯爵」なのかは気になったものの、やたら周囲を見回すのも不自然なので、アレクセイは興味の赴くままにその画集をめくった。

しかし、最初は指示の通りに一番上の一冊を手に取ってみたものの、一連のクリムトの作品のあまりの美しさに、自然と見入ってしまう。

『クリムトに興味が？』

耳元でドイツ語でささやく者がいる。

やさしく、ごく甘い、耳に心地いいテノールだ。

いつの間に横に来ていたのか、まるで猫のように巧みに気配を殺していた金髪の男に、アレクセイは驚いた。

そして同時に、その金髪の男の若さと美貌《びぼう》にも驚き、目を取られる。

こうも美しい人間は、世の中にそういないのではないかと思えるような、綺麗《きれい》な男だった。

アレクセイは同性愛者ではないし、同性愛はソ連では刑法上、収容所送りとなる重罪だ。しかし、この男は同性でも少し息を呑《の》むような、性差を超えた簡単には表現しがたい独特の美貌を持っていた。

まだ、目も覚めるような美女を連れてこられた方が、驚きは少なかったかもしれない。

特徴のないオーバル型の銀縁の眼鏡をかけていたが、その眼鏡が男の美貌を損なうこともない。

少し長めの前髪を、ラフにセットしている。淡いブルーのシャツ、オフホワイトのセーター、洗いざらしのジーンズという、アレクセイ同様にごくありきたりの学生のような格好だが、目を惹《ひ》きつけられる独特の雰囲気がある。

見たところ、歳《とし》はアレクセイよりも数歳若いのではないだろうか。

『ウィーンの…、ウィーン生まれの画家ですね』

一瞬、呑まれかけたものの、アレクセイは男の言葉にドイツ語で指示通りに応えた。

ドイツ語は急場しのぎで勉強しただけなので、まだあまり使い慣《な》れず、ぎこちない。

そのおぼつかないドイツ語に、長身のアレクセイよりも頭半分ほど低い細身の男は、かすかに目を細め、唇の端で薄く笑って見せただけだった。

少し残酷なようにも見えるその表情は、この美貌の男に似合っていて、ずいぶん頭の切れそうな印象を与える。

なぜかはわからないが、アレクセイはその時、この男の怜悧《れいり》な容姿とは裏腹のやさしげな声をもう少し聞いてみたいような気がして、指示以外の言葉を続けていた。

『私の知る画家達の中でも、「官能」を描かせたら、彼の右に出る者はいないでしょう』

さらにまだ拙《つたな》い、英語混じりのドイツ語で付け加えると、その答えが気に入ったのかは知らぬが、男は微笑をやや好意的なものに変えた。

次に男が口にしたのは英語だった。

しかも、明らかにアメリカン・イングリッシュとは一線を画した、聞き取りやすいクィーンズ・イングリッシュだった。

「その画集は気に入ったのか？　発色もいいし、クリムトの作品のかなりの点数を押さえてある。クリムトが好きならば、一冊買っておいても損はない」

男はドイツ語も十分に話せるようだったが、なぜか英語を話す方が、より自然に聞こえた。アレクセイもモスクワで徹底してたたき込まれたのはイギリス英語だったので、以降、二人は会話のほとんどを英語ですることとなった。

アレクセイは、手にしていたずっしりと重い画集をひっくり返した。

おおむね、このように大きく豪華な装訂の本は高価なものだが、やはりこの画集にもいい値段が付いていた。

「欲しいのは山々ですが、この値段は私にはちょっと…」

実際には、活動資金として少し多めのドイツマルクを持たされているし、自分の貯金もUSドルでいくらか持ってきている。

書籍を、ましてや贅沢な画集を個人が手に入れることの非常に難しい国にいたアレクセイにとって、自分ひとりでこんなにも美しい画集を所有するというのは、ずいぶん魅力的な提案に思える。

しかし、どれだけこの国に滞在するかも知らされていない初めての任務で、いきなり高価な私物を購入することには抵抗があった。

この男による、本部への報告も恐れた。これは情報員としてのテストのひとつなのかもしれない。

それにまんまと引っかかり、のっけから書店で世紀末的、退廃的、そして反体制的な画集を購入したなどと報告されてもたまらない。

クリムトは間違いなく美しく魅惑的な絵を描く画家だが、ソビエトでもっぱら支持、評価されている芸術、社会主義リアリズムとはほぼ対角線上に位置する。

言葉を濁すと、男はさっさと画集をアレクセイの手から取り上げた。

「では、私からのプレゼントということに」

「いえ、それでは本当に申し訳なくて…」

断ろうとするアレクセイの背をレジへと押しながら、男は首を横に振った。

「これからの君のベルリン滞在は長い。自分のために幾冊かの本を買うのは悪くないし、その方がより自然だ。ここでは、家に本が一冊もないような人間は軽蔑《けいべつ》される。もし、君がクリムトを嫌いでないのなら、逆に是非、受け取って欲しい。私は書籍や芸術に理解のない人間は、好まない」

聞きようによっては恐ろしく反体制的にも聞こえる言葉をはっきりと言い切ると、男が顔を寄せてくる。

ブラウンだとばかり思っていた眼鏡の奥の男の瞳が一瞬だけ、濡《ぬ》れたようなグリーンにちらりと光った。

人けのない本の棚の間で、男はさらにささやくように付け加えた。

「ようこそ、ベルリンの街へ、『ヴァレンタイン』。私は『伯爵』」

独特の響きのある甘いテノールで、与えられたばかりのアレクセイのコードネームを呼び、男は手を差し出した。

指の長い、綺麗な手だった。

その手を握り返しながら、初めてアレクセイは男の顔を正面から見た。

怜悧なのに官能的、官能的なのにどこか冴《さ》え冴《ざ》えとした、不思議な若い男の顔。

バランスがとれすぎて完璧な顔立ちは記憶に残りにくいといわれているのに、なぜかこの時、自分はこの男の顔は忘れないと思った。

いわゆるスラブ系ロシア人の美男とは、まったく定義の違う顔だ。

その点でいえばアレクセイの方が彫りが深く、鼻筋がまっすぐに通って男性的で、まだ、スラブ系美男の定義に当てはまる。

もっとも、アレクセイ自身も顔や体格などに北方系の血がかなり色濃く出ており、典型的なスラブ系ともいえない顔立ちだった。

しかし、伯爵のコードネームを名乗るこの男が女性的かというと、まったくそんなことはなかった。

鼻梁《びりょう》や唇のラインなどを含む顔全体の輪郭は繊細だが、か細さ、頼りなさは感じられない。

若く見えるが、少年期のような不安定さもない。

意志の強そうな視線のせいか、脆弱《ぜいじゃく》さのない物腰や物言いのせいか、あるいはもっと他の要素があるのか。

見れば見るほど、不思議な印象の男だ。

おとなしく見えるのはほんの一瞬だけで、すぐにこの男の芯の強さやしたたかさ、持ち前の頭の良さなどが見えてくる。

「私はエーリク・サエキ。サエキと」

棚の陰でささやくように名乗られてみて初めて、アレクセイは特異だがバランスのよい美貌の理由に気づいた。

エーリクという名も珍しいが、何よりもサエキという父称にあまり聞き馴染みがない。

どうやら、この男にはロシア以外の血が流れているらしい。

それも響きからすると、おそらく、どこか東洋系の…。

多くのスラブ系ロシア人は個人としての名前——英語でいうところのファーストネーム、そして父親の名前からくる父称——つまりは誰々の息子という意味にあたる名前、さらには家族の姓の三つの名前を持つ。

アレクセイ・ヴァシーリヴィチ・レスコフの場合、父称はヴァシーリヴィチ、父親の名前はヴァシーリーだということがわかる。

普通、人に名乗る時は名前とこの父称とを名乗り、家族姓を名乗ることはごく稀《まれ》だ。

ロシアでは互いを呼び合う時に相手の家族姓を呼ぶことは、ひどく他人行儀なこととされる。親しい仲では普通は個人名、あるいはそれを縮めた愛称を呼ぶ。

相手が自分より年上である場合、あるいは職場などで敬意を込めて呼ぶ場合などは、名前と父称を呼びかけるのが普通で、それ以外の相手には名乗った後に自分をどう呼んで欲しいのかを告げるのが一般的だった。

しかし、広大な国土を持ち、多数の民族を抱えるソビエト連邦には、個人名と姓だけで父称を持たない民族もある。

あるいは父称の代わりにミドル・ネームや、その他の父称に準ずるような名前を持つ人々もいる。

なるほどと思って眺めると、確かにサエキの顔立ちや雰囲気の繊細さ、特異さの中には、東洋的なものが潜んでいるように見える。

サエキが個人名や愛称を名乗らず、父称にあたる名前を名乗ったところを見ると、やはり若くは見えるが、この男の方が上官、あるいは年上にあたるのだろう。

「私はアレクセイ…」

「知っている。アレクセイ・ヴァシーリヴィチ。普段は皆、アリョーシャと?」

小声で応じたアレクセイを短く遮り、逆にサエキは尋ねた。

「ええ、皆、そう呼びます」

頷《うなず》くと、サエキはかすかに顎をあげ、また、あの一番最初に見せた、美しいのだがどこかに情の薄さが潜むような独特の笑みを作った。

「私はアーシャと呼んでも？」

声をひそめ、男はさらに尋ねた。

「どうぞ、お好きなように呼んでください」

これまで、アーシャと呼びかけてくる人間はいなかったが、この独特の魅力を持つ男に特別な呼び方をされるのは、嫌ではなかった。

アレクセイの返事に満足したのか、サエキは頷くとキャッシャーに画集を持ってゆき、勘定を済ませる。

そして、美しい包装紙に包まれた画集を抱えて戻ってくると、アレクセイを促した。

「部屋に戻る前に夕食に行こう。ウサギのシチューは好きか？」

「ええ、好物です」

「美味《うま》い店を知ってる、案内しよう」

サエキはアレクセイにクリムトの画集を渡すと、先に立って歩き出した。

Ⅱ

ウサギの肉と野菜とをたっぷりと使い、じっくり煮込んでとろけるような旨味《うまみ》を出したシチューを、サエキのおごりでビールと一緒にたらふく腹に詰め込んだ後、サエキは自分のアパートへとアレクセイを案内した。

ベルリン工業大学に近いというサエキのアパートは、すっきりと片づいていた。

あとで知ったことだが、サエキのアパートは、アルト・バウと呼ばれる戦前からの建物だった。石造りの壁は厚く、天井は四メートル近くの高さがある。

アパートの外壁には目立った装飾はなかったが、通りに面した建物の表玄関や階段などには、アールヌーボー様式のレリーフが残り、落ち着いた重厚な雰囲気を持っている。ソビエトの画一的な集合住宅とは大違いで魅力的だ。

これもあとで知ったが、最近のアパートにはない芸術性、希少性を持つアルト・バウは若年層にも人気があるらしい。その分、家賃もそこそこ高く、住まいとしてはかなり高級な部類になるのだという。

廊下の一番奥、建物の角部屋となるアパートのカーテンはモスグリーンのベルベット、家具はもともと置かれていたとおぼしき使い込まれた年代物で、若干の装飾はあるが実用的なものだ。

もっとも、ヨーロッパでは何十年、何百年にもわたって備え付けの家具を使い続けることも当たり前のようにあるので、サエキが元からあった家具を気に入って使い続けているのも、不思議はない。

玄関から廊下を通ると、こぎれいなバスルームにキッチン、居間が使い勝手よく並んでいる。

天井からは過度にならないアールヌーボー調のシャンデリアやガラスのペンダントライトが下がり、全体的には趣味のいい老婦人でも住んでいそうな印象の部屋だった。

居間の左奥の通りに面した角部屋は、サエキの寝室らしい。

その角部屋の手前には、寝室と同様に居間に通じる、サエキが書斎に使っているという部屋があった。

カーテンや壁といった内装も、部屋を借りた時からさほど手を加えていないように見える。

ただ、数枚のクリムト、あるいはロセッティのかなりできのいい複製画が壁に飾られ、サエキの持つどこか退廃的な印象をさらに深めていた。

それが話し方や言葉尻のせいなのか、時折見せる気怠《けだる》そうな表情や仕種のせいなのかはわからないが、冴えた印象のある一方で、サエキにはどことなく退廃的な匂《にお》いがある。

もともとサエキが生まれ持ったものか、それとも、この西ベルリンという街に長く住むうちに、身についたものなのか。

「ベルリン滞在中のしばらくは、この部屋を使ってくれ」

ひと通り、キッチン、バスルームと案内すると、サエキは一番玄関に近い手前の部屋のドアを開けた。

壁が淡いグリーンに塗られた部屋で、ドアや窓、天井などはクリーム色だった。

高い天井から下がるカーテンは、他の部屋と同じモスグリーン。他にはベッドと小さめの丸テーブル、椅子、作りつけのクローゼットと小さな棚が備え付けられている。

乳白色のペンダントライトの下がった天井には、漆喰《しっくい》のレリーフがあり、華美ではないが落ち着いていて美しく、居心地のいい部屋だった。

天井の高さも関係するのかもしれないが、ゲスト・ルームとしては少し広めに見える。数ヶ月の滞在にも十分に耐えられそうだった。

「明日は少し街を案内しよう。バスルームは、差し支えなければ先に使ってくれ。冷蔵庫の中や食器棚には…、たいしたものは入っていないが、自由に使ってもらって結構」

私は調べものがあるからと、サエキは奥の部屋に引っ込んだ。

実際に調べものがあるのか、単にプライベートな時間を大事にしたいのかは知らないが、モスクワからずっと鉄道で旅をしてきたアレクセイも、振動のない寝台で少し身を休めたかったので、ありがたくその申し出を受けた。

西側では街の風景や民族性が変わるだけでなく、物事の価値観が根本からまったく異なっている。諜報員としての初めての任務ということもあってか、普段のタフで忍耐強いアレクセイには珍しく、やや疲れを感じていた。

それは肉体的な疲れよりも、どちらかというとひとりで西側へと足を踏み入れなければならなかった、精神的な緊張からくる疲れのように思えた。

バスルームは最初に説明を受けたとおり、棚に清潔なタオルが用意されている。しばらくの間とは言われたものの、いつまでこのアパートにいることになるかは説明されていない。部屋が見つかるまでの間かもしれないし、アレクセイの訓練がひと通り終わるまでの間かもしれない。

しかし、この部屋にいる限りは、いずれ身の回りのものの洗濯や買い出し、食事の用意などは自分の仕事となりそうだと、アレクセイはセーターを脱ぎながら思った。

サエキがアレクセイの上官となる以上、身の回りの世話を任されることにはあまり抵抗はない。学校、あるいは軍、KGBの職場などでの寄宿生活も長かったし、ひとり暮らしの経験もある。洗濯や食事の用意ぐらいなら、一通りはこなせる。

私には食事を作るセンスがないと、さっきキッチンの棚を開きながらサエキは言っていた。妙なことだが、その言葉だけが少し子供じみて聞こえた。

もとが几帳面《きちょうめん》なのか、洗濯や掃除はそれなりにこなしているようだが、あまりハウスキーピングの作業自体には関心がなさそうだった。料理にいたっては、関心のなさはそのまま味つけに反映されてしまうから、センスがないという表現になるのか。

サエキの言葉は確かに謙遜《けんそん》でも何でもないようで、冷蔵庫や食器棚にはろくに食料品も入っていなかった。

いずれにせよ、サエキという男は、一種独特の感性のみが発達した人間のように見えると、アレクセイは白のバスタブに湯を張り始めた。

ありがたいことに、ここには浴槽がある。

浴槽は、ソビエトでは旅行者向けの高級ホテルか高級官僚の屋敷以外ではめったにお目にかかれない、庶民の憧《あこが》れの住宅設備のひとつだった。

アレクセイの父親は工場長を務めていた友人のはからいで、そこそこいいアパートに家族で暮らしてはいた。それでももちろん、バスルームにはシャワーしかなかった。

それどころか、一般市民の間では、シャワーやトイレ、台所すら、他の家族とすべて共有というアパートも、けして珍しくはなかった。

浴槽は白い琺瑯《ほうろう》の年代ものだが清潔で、温かな湯にゆっくりと四肢を浸《つ》けることができるのは嬉しい。

湯が溜《た》まるまでに歯を磨きながら、アレクセイは鏡をのぞき込んだ。

ほとんど黒にも近いブルネットの髪の下、眼窩《がんか》の深く窪《くぼ》んだ濃いブルーの瞳が、じっとこちらを見ている。

目の奥が少し昏《くら》く見えるのは、アレクセイの精神状態のせいかもしれない。

自分に課せられたもうひとつの任務を、サエキに勘づかれることはなかっただろうかと、
アレクセイは口をゆすぎついでに、顔を冷たい水で洗い、疲れのせいか熱を帯びた瞼《まぶた》をこす

った。

そして、服を脱ぎ捨て、白のタイルの上を裸足《はだし》で歩くと、湯の溜まりかけた浴槽に身体《からだ》を沈める。

石鹸《せっけん》を泡立てる前に、まず、身体を温めたかった。

西ベルリンとは、何とも猥雑《わいざつ》な街だ。

その名前を聞く限りは、大戦前の黄金期の退廃的な印象と、家族や夫婦、恋人同士が無情なコンクリートの壁によって東と西とに分断された悲劇的な街の印象とがあったが、少なくとも西ベルリンの第一印象は、そんな魅了的で情緒ある街ではなかった。

ただただ埃っぽく、人々はやたらと早口でつっけんどんにしゃべり、いたるところに派手な看板が並び立つ。

日が沈んでからのネオンはけばけばしく、街角にあからさまにコールガールが立ち、声をかけてくるのにも驚いた。

ソ連にも軍人などを相手にするその手の店がないわけではなかったが、露骨な客引きもなかったし、表向きは看板の出ることもなく、普通のホテルや飲食店とあまり見分けもつかない。兵士達の中で、口コミでその噂が広がってゆくだけだった。

ベルリンの、特に夜のベルリンの街を歩いていると、西側の象徴ともいうべき、露出過多で騒々しい資本主義のイメージばかりが先立つ。

蛇口から出る湯をすくい、頭からかぶるようにしながら、アレクセイは綺麗に筋肉の浮き出た腕や肩をほぐすようにマッサージしてゆく。

海軍にいた時よりも体重は落ちているが、その代わりに狙撃や格闘などの特殊訓練のせいでずいぶんと身体が締まり、実用的な筋肉が発達した。

訓練としてはかなり本格的で厳しいものだったので、当初、アレクセイは自分が暗殺や護衛などを専門とする「V局《ヴェ》」の特殊要員として養成されているのかと思った。

KGBの担当官は、もともとアレクセイの英語力と軍人として優秀だった才を買って、引き抜きをかけたと言っていたが、今、こうしてベルリンにいる以上、「V局《ヴェ》」の養成コースからは外されたのだろう。

幸か不幸か、訓練中、教官に性格が暗殺者向きではないとも言われている。

集中力や技術力、身体能力の問題ではなく、無抵抗な標的を撃つ際にわずかの逡巡《しゅんじゅん》があるらしい。

この時間にしてみれば一秒にも満たないコンマ何秒かのわずかな逡巡が、実際の場では命取りとなるという。

しかし、アレクセイ自身、何の迷いもなく人を殺せる人間でありたいと願ったことは一度もなかったので、かえってその指摘はありがたかった。

また、アレクセイの語学力が優れていたことも幸いしたのだろう。

海軍内では通訳、あるいは翻訳係として抜擢《ばってき》されたほどだったが、そこからさらに諜報員養成学校で、ネイティブの英国人に徹底して発音から何から仕込まれ、ロシア訛《なま》りを矯正された。

そのあまりの徹底ぶりに、国連の事務官を装って派遣されるらしいとか、あるいは海外領事館付きの駐在情報官になるのだろうなどとまで言われていたほどだった。

いずれにせよ、諜報員の仕事は、KGBの中でもホワイトカラー、いわゆるエリート達の仕事だと世間一般では考えられていたので、アレクセイの両親はそれなりに喜んでいた。

もっとも、家族とはいえ、どんな仕事をしているのだとはっきりと口に出すことは内務規定で許されていなかったので、両親はアレクセイが海外情報局の英語の情報分析官か何かをやっているのだと思っていたようだ。

しかし、KGBに入ったことで、アレクセイが失ったものも大きかった。

もちろん、訓練中は家族に連絡を取るのも限られたし、何より、当時、結婚するつもりでつきあっていたマリヤという恋人との別れも辛かった。

マリヤの父親は、かつて工場付きのKGBの係官の半ば捏造《ねつぞう》ともいえる密告によって、数年間、収容所に送られ、強制労働となった過去があったらしい。

アレクセイが海軍にいた頃は未来の娘婿《むすめむこ》としてのその訪問を歓迎していた彼女の父親は、アレクセイがKGB入りすると聞くやいなや、激怒した。電話や手紙すら、ろくに取り次いでもらえないような有様だった。

マリヤの父は、娘がKGB入りした恋人と家庭を持つことを断固として許さなかった。組織としてのKGBは巨大で、対外情報局ばかりではない。国内では対内保安部や対反体制活動を担当する部署が、ありとあらゆる市民層にまんべんなく食いこんでいる。

マリヤの父親が密告されたのは、それら複数の部署内でも後者の政治保安を目的とする部署、しかもごく末端の部署だが、KGBの存在を忌み嫌う父親は頑として聞く耳を持たなかった。

アレクセイのいる第一局、すなわち対外情報局はKGBの中でもエリートコースとされていることも、マリヤの父親にとっては問題ではなかった。

男にとっては、身内に狡賢《ずるがしこ》いキツネ野郎――彼に言わせると、KGBの連中は、たとえそれが幹部であろうと、KGBビル内の清掃員であろうと、皆狡賢いキツネ野郎であるらしい――が加わることなど、そして、それを息子と呼ばなければならないことなど、仮に太陽が西から昇っても許せないことらしい。

しかし、アレクセイもKGBの対外情報局から、軍の上層部を通して指名がかかった以上、勝手にKGBを辞するわけにもいかなかった。

軍にもKGB将校がくまなく配置されており、そのKGB将校らは軍からは完全に独立して情報収集を行い、KGB組織のために働く。アレクセイの勝手な行為は、軍とそれらKG

B将校との軋轢《あつれき》を生む元となりかねなかった。

結局、マリヤとアレクセイは、父親のあまりに強固な反対に別れることとなった。

もう数年も前の話だが、そのマリヤもこの春に結婚したと風の便りに聞いた。自分の中で何年もしこりとなっていたマリヤとの関係が、その結婚の話を聞いた時にようやく吹っ切れたように思えた。

そうした経過でアレクセイがかつて収容所送りとなった父親を持つ女と別れたことも、すでにKGBでは調査の対象となっていたらしい。

意外にもそれはアレクセイにとってKGBへの、ひいては国家に対する忠誠面でのプラス評価となっていたようだった。

今はこうして訓練後の目的も知らされないまま、ひとり、家族や友人達とも離れてベルリンにいるのだから、これも運命だとはいえ不思議なものだ。

湯の温かさに、最初の任務の緊張もほぐれてきたところで、アレクセイは泡立てた石鹼で髪から首筋、肩を洗い始める。

優秀な諜報員である「伯爵」にマンツーマンでついて、実地の訓練を受けること以外にも、ひとつ、アレクセイには本部で命じられたことがあった。

「伯爵」こと、サエキの真意を探ること、つまりは言動の調査、及び監視である。

モスクワではそのサエキの経歴や人となりは聞かされていなかったが、優秀な諜報員だということは聞かされていた。

本部の懸念は、その優秀さと「伯爵」を縛るしがらみのなさ、そして言動の不透明さであるという。

詳しく教えられていないが、しがらみというのは、国にいるはずの家族関係、あるいは恋人などのことかと思われる。

優秀であるが故に、そのしがらみのない「伯爵」が、敵側の二重スパイになると困るらしい。

他にも、まだアレクセイが教えられていないだけで、何か「伯爵」への懸念材料があるのかもしれないが、ロシア人持ち前の猜疑心《さいぎしん》の強さとは何ともやっかいなものだ。

よりにもよって、諜報員としての経験もないアレクセイに監視とは…、と今も戸惑いばかりがある。

しかし、君には有利な点がひとつある…と、指示を出した担当官は身を乗り出した。

この役は、「伯爵」と同じようにもの慣れた諜報員ではいかんのだと。

アレクセイは国内で基本的な諜報員としての訓練は受けているが、まだ実経験はない。

もし、仮に本部の憶測通り、「伯爵」が二重スパイであった場合、同じように経験のある諜報員が周囲を嗅《か》ぎ回れば、「伯爵」も警戒するだろう。だが、まだ何の経験もないアレクセイのような存在なら、さほど警戒もしないだろうと。

これで相変わらず、「伯爵」が愛国心に厚い諜報員なら、本部にとっても何ら問題はなく、そのままエージェントとしての優秀な資質を直接に学べばいいし、やはり本部の懸念通り、「伯爵」に不審な動きがある場合は、即刻に報告せよということだった。

シャワーで髪についた泡を洗い流しながら、アレクセイは排水栓を抜いた。

シャンプーの類《たぐい》を使わず、石鹸だけで洗髪をすませてしまうのは、髪を短く刈り込んでいた海軍時代からの習慣だった。

「伯爵」というコードネームと、その「伯爵」によるマンツーマンでの指導と聞いて思い描いていたのは、もう少し年配の、四十から五十前後の男だった。

容貌ももっと重々しくいかめしい、近寄りにくい相手かと思っていたが、サエキのような若く見てくれのいい男がやってくるのも意外だった。

コードネームがどのように選ばれているのかも不思議だが、かつて貴族支配を否定した社会主義国家のソ連で、「伯爵」という名前が与えられていることも不思議だ。

それすらも、西側の裏をかくための策なのか。

夕食時に少し話しただけの印象では、アレクセイにとっては当面の同居人ともなる「伯爵」という名の男は、プライドの高い猫のように綺麗で頭の回転がよく、気まぐれでシニカルな一面が見え隠れする人物だった。

ほんのたわいもない話、アレクセイの出身がレニングラードであることや、明日、サエキが案内してくれるという観光地の話などをしただけだが、非常に話の切り返しも早く、ややシュールなユーモアのセンスもあった。

そして、ものの好き嫌いを驚くほどにはっきりと口にした。

同性が聞いても耳に甘い声で、物事の好き嫌いや、冷めた意見をさらりと言ってのけたりするので、よけいに気まぐれな印象が先立つのか。

どちらにせよ、そう簡単には本心を見せるような男には見えなかった。

そのサエキがラジオか何かをつけたのか、排水溝に水が流れ込んでゆく音に重なって、扉の外から音楽が聞こえてくる。

男の声か、女の声なのか、あまりはっきり聞きとれないが、かなりスローテンポな曲で、バラードのようにも聞こえる。

コックをひねってシャワーを止めると、ちょうどサエキが書斎から出てきて、キッチンで何か飲み物でも用意しているのか、バラードに合わせ、軽く鼻歌まじりに扉を開ける音がした。

「…ヴァレンタイン」

ふいに歌の中でコードネームを呼ばれ、アレクセイは思わず浴室と廊下とを隔てる壁を見る。

驚いたが、しばらく耳を凝らして聴いてみると、『マイ・ファニー・ヴァレンタイン』というジャズのスタンダードナンバーだった。

アレクセイは慌てた自分に半笑いにもならない微妙な笑いを洩らすと、タオルへと手を伸ばす。

同時に、まだ呼ばれ慣れていない名前であるものの、自分が確実に反応していることにも驚く。

たまたまかかっていた曲がそうであっただけで、特にサエキの歌に意味はないらしく、扉の下の隙間《すきま》から洩れ聞こえる音楽に合わせ、低く歌っている。

この声はチェット・ベイカーだったが…、とアレクセイは耳をそばだたせた。

そして、男のボーカルか、女のボーカルかわからなかったはずだと苦笑する。

チェット・ベイカーは男女のどちらともつかぬ中性的で曖昧《あいまい》な、ささやくような歌声で有名だった。

今回、持ち出しを許されなかったが、海軍をやめる時、一番のお気に入りなのだと友人が譲ってくれたジャズのカセットテープが、このチェット・ベイカーのものだった。かなり聴き込んで、一部テープが劣化して伸びていたところもあったが、間違いない。

別にアレクセイは嫌いではないが、友人がテープを譲ってくれた時、一緒にいた別の友人がオカマみたいな歌を歌う野郎だと笑ったものだった。

この歌も同様に、相手のヴァレンタインが男なのか、女なのか、そして、男が女を歌ったものか、女が男に対して歌ったものかが、今ひとつあやふやでわからないともいわれている。当のチェットの歌自体も声量がなく不安定な声質であるため、非常に印象に残るフレーズと声とで有名な歌であるにもかかわらず、上手《うま》いのか、上手くないのかもよくわからない、どこまでも曖昧な曲だった。

船の中で嬉しそうにこの歌を口ずさんでいた友人の声が、サエキの声に重なる。

一番大事にしていたテープを惜しげもなく手渡し、元気で…と握手を求めた友人の顔が思い出されて、むしょうに懐かしい思いでアレクセイはメロディラインを無意識のうちにサエキの声と共に頭の中で追っていた。

チェット・ベイカーに重なって聞こえるサエキの声は、同様に気怠い印象だが、もっとはっきり男性だとわかるものだ。

しかし、話している時には、魅惑的にも、官能的にも聞こえるサエキの甘いテノールは、低音になるとずいぶんハスキーに、物憂く聞こえた。

ハスキーなのに、声は綺麗に高音域まで伸びる。

それとも、こちらの声の方が本来のサエキの資質を表しているのか…と、浴槽の中で身を起こしかけていたアレクセイは、再び湯の中に身を沈めた。

相手が話す言葉や自分に向ける表情以外に、何か作為でもあるのではないのかと探るのは嫌なものだ。もともとアレクセイの性格には向かない。

それに食事の最中、時折、サエキがごく冷静な目で、アレクセイの反応を見ているのもわかっていた。

アレクセイ個人の資質を見極めようとしているのか。それともアレクセイに与えられた監視者としての任務を、あらかじめ知っていて探っているのかはわからない。

しかし何故《なぜ》か不思議と、今日会ったばかりのサエキのとらえどころのなさには惹きつけられた。

まだ、どんな男なのか何ひとつ知らないというのに、向こうがアレクセイをどう思ったのかすらわからないというのに、妙に気にかかる。最初から馬が合ったというわけでもないのに、なぜか嫌いにはなれない。

本部のいう優秀なエージェントというのは、こんな意味も含んでいたのかもしれない。危うい魅力を持つ男だと思うのに、まだアレクセイはサエキを監視対象として身構えることができないでいる。

むしろ、もっと親しく接してくれたら…、とどこかで願わずにはいられない。

ロックかカクテルでも作っているのか、グラスに氷のあたる軽い音が聞こえる。

曲はもう変わっているが、お気に入りの歌なのか、サエキはまだ『マイ・ファニー・バレンタイン』を小さく歌っている。

そして、再び扉の閉まる音と共に、気怠い歌声は扉の向こうに消えた。

Ⅲ

サエキは書斎でグラスに注いだヴェルモットを舐《な》めながら、小説を片手にジャズをかけていた。

変装のためにかけていた眼鏡はとっくに外し、引き出しの中にしまってある。

視力は悪くないが、様々なデザインの眼鏡を数種類持っている。

最近では顔の印象をぼかすため、眼鏡をかけて外出することがほとんどだった。

気に入りの長椅子に足を伸ばし、好きな曲には時折鼻歌など歌いながら、ヴェルモット・ハーフ&ハーフと呼ばれるカクテルを片手にこうして本を読むのが好きだ。

スウィート・ヴェルモットとドライ・ヴェルモットを半量ずつ入れた、ごく簡単で口当たりのいいカクテルだが、サエキはスウィート・ヴェルモットにはチンザノ・ビアンコを、そしてドライには、同じチンザノのエキストラ・ドライを好んで使う。

どちらも、そこいらの酒屋で容易に手に入る安いヴェルモットだった。さらにそこに、レモンを半個ほどたっぷりと絞りいれる。

そして仕事のない時には、そのカクテルを飲みながら日がな一日、こうして雑誌や本をめくっていたりする。

もっとも今は表向き、出版社で雑文を書くライターも兼ねているので、こんな贅沢な時間は稀だった。

アレクセイが浴室から出てきたらしき音がしていたが、やがて部屋の扉がノックされた。

「何だ？」

サエキは手にしていたグラスを、かたわらのテーブルに置いた。

「今日は、もう先に休みます」

ドア越しの丁寧な挨拶《あいさつ》に、サエキは少し拍子抜けするような気分で答える。

「ああ…、疲れただろうし、ゆっくり休んでくれ」

「あの、明日の朝食はどうされますか？」

「朝食？」

サエキは立ち上がると、ドアを開けに行った。

洗い髪のままの男が、Tシャツにジーンズという格好で立っている。背が高いため、どうしてもサエキはこの男を見上げることになる。

アレクセイはゆっくりと瞬《しばたた》き、もの言いたげな表情でサエキを見下ろしていた。

「何だ？」

「いえ、眼鏡がないので、少し印象が違って…」

「別に視力は悪くない。人にあまり顔を覚えられたくないから、外に出る時にかけているだけだ」

なるほど、とアレクセイは頷き、ほんの少し笑って見せた。

そんなに表情が多いわけではないが、ひとつひとつの反応がソフトだ。優秀な警察犬のように辛抱強く、粘り強い。

そして、初対面のサエキにも忠実に寄り添おうとしているのがわかる。

私はあなたと親しくなりたいのだと露骨にアピールするわけでもないのに、持ち前の心の温かさが、わずかに半日一緒にいただけでも十分に伝わってくる。

神経質な一面のあるサエキにも、まったく嫌な顔を見せない。まるで人の好意を得るために生まれてきた男のようだ。

いったい、この男を憎むことのできる人間がいるのだろうかと、サエキは腕を組むとドアにもたれた。

おおむねこの男のことは気に入っているが、この背の高い男を見上げ続けるのだけは疲れる。

「朝食は気分によって、取ったり取らなかったりだ。朝食は必ず食べるというのなら、斜め向かいに朝の七時から開いている食料品店がある。そこで何か適当なものでも買ってきてくれ」

「いいえ、そういう意味ではなくて、よければ私が作ろうかと思っただけなんですが」

思いもしなかった言葉に、逆にサエキの方が驚いた。

「料理ができるのか？」

「人並み程度には。もし、お好みのものがあるなら、それを作ります」

「トーストと卵、コーヒー程度で十分だが」

「わかりました。では、それを」

アレクセイは頷いた。

「おやすみなさい」

「ああ、おやすみ」

行儀のいい挨拶通り、今夜はもう休むつもりなのか、男は自室に引き取っていった。

サエキが時計を振り返ると、まだ十時を過ぎたばかりだった。

「ヴァレンタイン」などと優男めいたコードネームを持つ相手に、どんな男がやってくるのかと出かけてみると、立っていたのは真面目そうな長身の青年だった。

ラテン系のくだけた色男のイメージからはほど遠い、ノルディック系の血が色濃く表れた、物静かで知的な顔立ちを持っていた。

アレクセイ・ヴァシーリヴィチ・レスコフ。

レニングラード出身の二十九歳で、サエキよりもまだ若い。

ＫＧＢでは珍しい例だが、海軍将校だったところを、本部から諜報部員として直接に引き抜きを受けたらしい。

もともと英語力に秀で、海軍時代も通訳や翻訳を担当していたようだ。

ＫＧＢに入って、さらに徹底してロシア語訛りを矯正されているせいか、英国で育ったサエキが聞いても違和感のない、十分に英国籍として通る流暢《りゅうちょう》な発音で話していた。おそらく耳がいいのだろう。こればかりは教育して直る者と、直らない者がいる。

顔立ちも、スラブ系でありながら、かなり北方系に近いノーブルな顔立ちを持っているため、英国人の中に混じっても違和感がない。

ドイツ語はまだ勉強中だと言っていたが、この分なら程なく話せるようになるだろう。

学生時代、海軍時代を通じて、成績、運動能力共に優秀。性格は真面目で温和。周囲からの評価も高かったようだ。

将校としての資質もすぐれていたようで、一度は軍の方でＫＧＢからの誘いを断っている。

少しはにかんだような笑い方と、ほとんど黒に近いブルネット、そして、深い湖を思わせるような濃いブルーの瞳が、印象的だった。

あまり口数は多くはない。不要なことも口にしない。むやみにものを尋ねない。

しかし、人を不快にさせるほど黙りこくっているわけでもない。訳知り顔もしない。

話す時にはまっすぐにこちらの目を見て、ひとつひとつ丁寧に言葉を選びながら、静かに話す。

深みのある濃いブルーの瞳の色に、その穏やかで真摯《しんし》、誠実な人柄が覗いていた。

最初に、相手にとって自分だけが特別な存在であると、サエキの優位を意識させるためにあえてアリョーシャと呼ばず、アーシャと呼ぶと言ったが、アレクセイは嫌な顔ひとつ見せず、微笑んで静かにそれを承諾した。

逆にあの時は、これまでの手慣れたやり方でイニシアティブを取ろうとしたサエキの方が、かえって無理を押し通す我の強い子供のように思えたものだ。

サエキのこれまでの経験と勘とで、アレクセイのそんな反応が芝居なのか、生来の性格なのかぐらいはわかる。

なぜに諜報部などへやってきたのかと、疑問に思えるような温厚な性格の男だった。

もっともサエキは、KGBがサエキのように相手の気持ちの裏を読むことに長《た》けた海千山千のしたたかな諜報部員を重宝する一方で、アレクセイのように人当たりのよい諜報部員を徴募要因として好むことも知っていた。

情報収集もさることながら、西側の政府職員や将校などに近づいて、時間をかけて相手を取り込むのには、それなりに相手からも友人として信用をおかれるような、人好きのする人間、人間的に厚みのある諜報員の方が役立つ。

好意を持たれやすく、この男に頼まれると本当に断りづらいと思われるような人間の方が、長期的には情報を引き出しやすかったり、相手を取り込みやすかったりする。

特に六〇年代と違って、社会主義のイデオロギーの魅力が色あせてきた今は、逆に金や人間関係といった要素の方が情報漏洩《ろうえい》の鍵となっている。

それにしても、アレクセイのように真面目で性格のよい男を、こんな東西のスパイが跳《ちょう》梁跋扈《りょうばっこ》するベルリンへ送り込んでくるなどとは、本部も質《たち》が悪い。

アレクセイがそれをどこまではっきりと認識しているかは知らないが、西側へ出されてしまえば、家族や友人ともそう頻繁に連絡は取れない。

独身であれば支えとなってくれる妻や子供を伴うこともできず、なおのこと、西側にひとりでいると孤独だろう。

サエキの所属する部は、対外情報局である第一管理局の中でも、かなり独自の動きをする部なのでイレギュラーなのはわかるが、それにしても実地訓練としていきなり西ベルリンなどに送りこんでくるのは、何か他に別の意図でもあるのか。

サエキは、少し目を細めた。

モスクワ本部は猜疑心の強いロシア人の性格を顕著に表した、いわば猜疑心の集大成のようなもので、物事をひとつの角度から眺めただけでは満足しない。

どれだけ本部に忠実な者にも、本部を裏切ることのできないように、人間関係などで二重、三重の枷《かせ》をおくのは当たり前のことで、唯一の肉親であった父のキャンベルも亡き今、何の枷もないサエキが西ベルリンなどで好き勝手に動き回っているのは、さぞかし煙たかろう。

この時期、何らかの足枷となる者、あるいは監視者として誰かが送り込まれてくるというのは、十分に考え得る。

サエキは現在、オスカー・シーモアという偽名を使い、ベルリン在住のフリーの英国人ジャーナリストとして活動している。

実際、いくつかの雑誌にもシーモア名義で旅行記やルポなどを掲載しているし、ジャーナリストとしての名刺やオスカー・シーモアとしての免許や身分証明なども、すべて用意されている。

アパートの不動産契約も、すべてシーモアの名ですませてある。

まったくの定職もなしにアパートを借り、長くそこに住まうと、かえって住民に不審がられる。

好奇心をそそるぐらいならいいが、不審に思われ、周囲の住民や管理人などから通報されたりすると、やっかいなことになる。

ライターなら、多少の不在や海外旅行も怪しまれることもないし、管理人には長期の不在時には取材で家を空けると告げている。

掲載記事はすべて西側寄りに書き、記事内容で世論操作することなどはまったく念頭に置いていないので、紙面だけ見る限りはイギリスのＭＩ６やアメリカのＣＩＡ、西ドイツのＢＮＤなどに、不穏分子として目をつけられることもない。

記事内容も特に力を入れて書いているわけではないので、すこぶる優秀な記事として人の記憶に残ることもないだろう。

他国で非合法工作員として動くためには、このように巧妙に他人になりすまし、その他人として生きてゆくための、隠語で「伝説」と呼ばれる説得力のある経歴が必要となる。

サエキのロシア名は、エーリク・サエキ・エルモーロフという。

とはいえ、そこには三つの国の名前が混ざり、あるいは消しさられ、今も最初の名前の原形を残しているのはサエキの部分だけだった。

しかも、ロシアでは父称という微妙な位置にその名前がきている。

今となっては、サエキの本当の英国名であるエリック・キャンベルの名も、日本名の佐伯《さえき》宥人《ひろと》も、このベルリンはおろか本国モスクワですら、知る者はごくわずかだった。

もちろん、サエキが英国伯爵家の次男でありながらソ連に亡命した、元在日英国領事館員ディヴィッド・キャンベルこと、ダビッド・エルモーロフと、日本人令嬢佐伯妙子《たえこ》との息子であること、かつてはその父親に認知すらされることなく非嫡出子のまま出生届が出された複雑な出生背景などは、今はKGBの非合法工作員の管理を担当する第一管理本部のS局のファイルに、記録として残っているぐらいだろう。

サエキは十歳まで日本で育ち、十六歳までを英国で過ごし、その後、父に連れられてソ連に亡命した。

ロシアでは父称という形で、終生父親の名前がついて回る。しかも、家族姓よりもはるかに使用される頻度は高い。

おおやけの場でダビッドの息子と呼ばれることを拒み、父称の代わりに母方の佐伯の名を用いるのは、自分の人生を翻弄《ほんろう》した父ディヴィッドへのせめてもの抵抗だった。

出生の曖昧な特異な生い立ち、そして、東洋人とも西洋人ともつかぬ特異な容貌は、亡命要請時にすでにKGB本部の目に止まっていたようだった。

サエキは亡命と同時に、自分の意志とは関係なく、寄宿制の学校で徹底したロシア語教育を受け、さらには少しおぼつかなくなりかけていた日本語の再教育を受けた。

今思えば亡命した時点で、すでにサエキの「伝説」作りは開始されていたともいえる。

あるいは、父親が亡命時の交換条件としてサエキを差し出したのか。

父親亡き今となっては確認するすべもないが、あの我が身可愛さでは一番だったディヴィッドならありえない話ではない…、とサエキはグラス片手に苦笑する。

何にせよ、これからしばらくは本部の用意したシナリオに沿って、アレクセイの「伝説」作りを始めなければならない。

アレクセイに用意された英国名は、何の偶然か、アレックス・キャンベル。

アレックス・キャンベルは、少し前まで実在した英国人で、ソ連のアフガニスタン侵攻時にアフガニスタン入りした、フリーのカメラマンだった。

現地で戦渦に巻き込まれ、死亡していたのを、最近になってソ連側が確認している。もちろん、イギリス政府への報告はまだ伏せられたままだった。

アフガニスタンに渡る前はハンブルクに住んでおり、ベトナムやイラン、北アイルランドなどの諸外国へたびたび出入りし、親、兄弟などの血縁関係も希薄なことまで、すでにKGBは調べ上げていた。

写真を見る限りは、アレクセイほどの整った顔立ちではなかったようだが、身長も六フィート一インチ（約百八十六センチ）と、アレクセイとほとんど変わらないばかりか、髪はブラック、瞳はブルーと、外的特徴もほぼ同じだった。

さらに偶然にもアレックスの名は、ロシア語では守護者という意味を持つアレクセイの英語読みである。ロシアでのアレクセイも、イギリスでのアレックスも、共にかなり多い名前ではあるが、それでも実在の人物になりすます場合は、もとの名前と同じ名前が与えられる例は少ない。

そして、姓のキャンベルはサエキがかつてイギリスの学校で過ごしていた頃の姓——ひいては父親によって、英国に置き去りにすることを余儀なくさせられた姓だった。

ちょうど同じ頃にアレクセイを諜報員としてのリストに載せていたなら、共産圏内の外国人死亡者のリストを一括《いっかつ》して管理しているKGBが、アレックス・キャンベルに目をつけないはずはなかった。

アレックス・キャンベルの死亡報告は、そのままKGBによって握りつぶされた。

そして、死んだアレックス・キャンベルが所持していたパスポートから、アフガニスタンとイギリスの出入国記録までご丁寧に記載されたパスポートが偽造され、すでに連絡係の手によってKGB内の隠語で「調教師」と呼ばれる指導官のサエキの元に運ばれてきている。

本部の用意はさらに周到で、アレックス・キャンベルのイギリス出国からこの西ドイツ入国時のスタンプまで、すべてが完璧なまでに偽造され、押印済みだった。

モスクワ環状線の外にあるKGB第一管理本部には、ほぼ世界中の国々のパスポートや証明書のひな型が集められている。本部は完璧なまでにそれら証明書を偽造できる上、場合によっては偽造証明書に様々な薬品などを用いて、年月の経過を加工さえする。

サエキのもとにやってきたパスポートは、アレクセイが今日、入国の際に使用したパスポートとは、まったく違う、一部泥水に汚れ、縁がすり切れた加工の施されたものだ。

アレクセイはモスクワを発つ前に、実際のプロカメラマンから撮影についての基本的な技術を教わってきていると聞いている。

さらにこれから数ヶ月をかけ、このベルリンでプロのカメラマンとして通用するだけの技術を学ばせる。

アパートの管理人には、知り合いの編集者に紹介されたカメラマンとしばらくは部屋をシェアするとでも言っておけばいいと、サエキは読みかけの小説を取り上げた。

Ⅳ

翌日の朝、アレクセイはソファでクリムトの画集をのんびりと眺めながら、サエキの起きてくるのを待っていた。

すでに食料を買い出してあり、朝食の下準備もすませてキッチンに並べてある。

サエキが起きてきたのは、ほとんど九時に近い時間だった。

「おはようございます」

アレクセイがソファから声をかけると、サエキは少し驚いたような顔をした。

「何時に起きたんだ?」

「昨日の晩が早かったので、六時に」

「テレビぐらいつけていてもよかったのに」

自分が起き出してくるまで退屈だっただろうと、サエキはちょっと呆《あき》れたような顔を作った。

そんなサエキの起き抜けの顔は眼鏡がないせいか、髪がまっすぐに額に落ちている髪型のせいか、昨日の冴えた印象とは違って少し幼い。

サエキの機嫌を損ねてしまいそうでとても口には出せないが、どこか可愛らしくも見えるとアレクセイは思った。

明るい日の下で見ても、やはりはっきりとした年齢はわからない。肌の張りなどを見ている限りはアレクセイよりもいくつか若いようだが、口の利き方やもの慣れた態度を考えると、数歳ほど上なのかもしれない。

いずれにせよ、東洋系の人間は実年齢よりもたいてい五歳や十歳は若く見えるので、サエキもその口なのだろう。

「観光ガイドを見てました。それに、昨日いただいたクリムトの画集も。少しはドイツ語の勉強になるかと思って」

併せ眺めていたドイツ語辞書を持ち上げると、なるほど君は辛抱強いな…、とサエキは笑い、首を振りながらバスルームに向かう。

起き抜けでも、口調は昨日と同じで少しシニカルだ。

サエキがバスルームを使う間、アレクセイは買い出してきた食材で朝食を作り始める。

ライ麦のパンにハムとレタス、オニオン、ピクルスを挟み込んだサンドイッチとスクランブル・エッグ、アスパラのサラダ、コーヒーだった。

簡単な調理なら、子供の頃からダーチャで母親を手伝っていたので、さほど苦もなくできる。むしろ、好きなぐらいだ。

ロシア人は実益を兼ねた趣味として、週末ごとにダーチャと呼ばれる別荘で、家族で農園作りをする者が多い。

　別荘といってもリゾート地にある豪奢《ごうしゃ》なものではなく、ほとんどが郊外に六百平米ほどの敷地に小さな小屋と農園とを設けたささやかなものだ。夏ともなれば毎週末ごとに家族でそのダーチャに通い、家族分の野菜を冬に備えて作っては、せっせと塩漬けやピクルスにして蓄える。そうして作った野菜は、大いに家計を助ける。

　鮮度のいい野菜をたっぷりと安く手に入れるため、趣味と実益を兼ねたダーチャでの野菜作りは、おそらくほとんどのロシア人が経験しているものだった。

　それにくわえて海軍に入ってすぐの頃、オフの時間に船の食堂の料理長が色々と教えてくれたので、そこそこのものは作れる。

　サンドイッチの隠し味にピクルスを使うとよいと教えてくれたのは、その料理長だった。だが、実際に店頭であんなに幾種ものピクルスや缶詰が所狭しと並んでいるのを見たのは、今朝が初めてだった。

　缶詰や瓶詰だけではない。チョコレート、キャンディ、ジャム、チーズ、パンなどの豊富な食材が棚から溢《あふ》れ、金さえ出せば、あんな小さな店でもあらゆるものがそろうことに、アレクセイは驚いた。

「ずいぶん、豪勢なものを作る。せいぜい、トーストとコーヒーぐらいかと思っていた」

　朝はたいして食欲がないとぼやきながら、サエキはテーブルの上に並んだ皿を見下ろす。

「料理は嫌いじゃありません。毎日三食の用意となると、少し面倒ですが」

ふうん…、と頷くと、サエキはフォークとナイフとを使い、まるで正式なディナーにでも臨むように、実に優雅にサンドイッチを食べはじめた。

アレクセイはサエキがさして楽しそうな様子もなく、かすかに眉《まゆ》を寄せながらも、貴族のような気品のあるテーブルマナーを見せるのを黙って眺める。

ソ連では、もとより食糧事情がよくない上、ブルジョア的精神を徹底排除しているせいで、さほどカトラリーの扱いなどについてはうるさく問われない。

少し眉を寄せているせいで神経質そうには見えるが、アレクセイの周りではこれほどまで洗練されたカトラリーの使い方を見せるものはいなかった。

「アーシャ、今日から君の『伝説』作りだ」

「『伝説』…?」

「そう、我々の間では伝説と呼んでる。これから君には、このアレックス・キャンベルという男になりすましてもらう」

サエキはアレクセイに、ひとつのパスポートと写真とを差し出してきた。

「アレックス・キャンベル…?」

アレクセイは、少し角の傷んで汚れたパスポートを開き、そこに自分の写真が貼られていることに気づく。

だが、そのサインは見たこともないものだった。

「そのアレックス・キャンベルとして生きてゆくために、元のアレックス・キャンベルと寸分違《たが》わぬ生い立ち、経歴を踏まえた上で丁寧に時間をかけて、この男として違和感のない、そしてアレクセイ・ヴァシーリヴィチとしても無理のない人間像を、巧妙に作り上げてゆくんだ」

パスポートと一緒に差し出された写真も、黒髪、ブルーの瞳を持つ、無精髭《ぶしょうひげ》を生やした、人相の悪い見知らぬ男のものだ。

目つきの鋭い、鼻筋の少し歪《ゆが》んだ、ごつごつといかにも無骨そうな顔つきの男で、何が気に入らないのか、ずいぶんな仏頂面だった。

「この男は少し前、アフガニスタンで戦渦に巻き込まれて死んだフリーのイギリス人カメラマンだ。イギリス政府には、まだ、この男の死亡は伝えられていない」

「…死亡…したんですか？」

「ソ連側が発見した時には、すでに彼は遺体だったらしい。本部は、彼と君の身体的特徴がほとんど一致するという理由で、イギリス政府に対する彼の死亡通達を控えた」

人ひとりの生死の問題を本部が握りつぶしているという事態に、アレクセイは知らぬうち、眉をひそめていた。

「アーシャ、ことの経緯や人選についてはいっさい考えるな。すべてにおいては国の…、言い換えてみれば本部の利益が優先する。個人の命や尊厳よりも、何よりもだ。本部は末端が思考することを望まない。それは肝に銘じておけ」

そんなアレクセイの思いを読みとったかのように続くサエキの言葉は、どこまでもクールだった。

どこか物憂いような表情で小さく切り取ったハムとパンとを口に運びながら、サエキは淡淡と言葉を続ける。

「たまたま、背丈や髪、瞳の色が君の身体的特徴と合致して、帰りを待つような血縁関係も希薄であることから、この男が起用されただけだ。このアレックス・キャンベルの生まれはロンドンだが、幼い頃に両親が離婚して以来、父親に連れられてオーストラリア、カナダなどを渡り歩いている。そのために、話し言葉に出身を特定化する訛りがなくても不自然ではない。今はその父親も、再婚した母親も亡くなっている。もちろん、兄弟姉妹もいない」

ようするに、血縁として現れる人間がいないということだ。

「こうまでカムフラージュに適した好条件の人間が現れるのも、稀なことだ。合致する相手がいなければ、まったく架空の人物を一から作り上げることになるが、それはそれでなかなか難しい。展示会やレセプションなどに潜り込む時の一時的な偽装とは違って、君はこれで数年間、下手をすれば何十年と、表向きはその人間として過ごさなければならない。ちょっとした矛盾が命取りになる。あらかじめ隠れ蓑《みの》があるなら、それを使うに越したことはない。

君は今日から、この街ですっかりこの男を装って生きてゆくんだ」

「わかりました」

アレクセイは簡潔な返事と共に、目を伏せた。

確かにサエキの言葉通り、モスクワ本部は個人が意志を持ち、発言することを好まない。用意されたものに対し、何か意見を述べることとはそこから逸脱すること、つまりは体制に反することだった。

「今日から三日で、そのパスポートのサインをそっくり自分のものにしろ。完全に真似るんだ」

「了解しました」

「それから、髪は染めて黒にしろ。今のままだと、ブラックと言うには少し色が淡い。ヘアカラーは、バスルームに用意してある」

やや目を細め、てきぱきと指示を下すサエキは、やはりどこか冷淡に見える。

「これからは外ではアレックスと呼ぶ。私のことは、オスカーと。私はオスカー・シーモアの名で、ジャーナリストを装っていくつかの記事も書いている。アパートの管理人には、編集を通して知り合ったカメラマンと、しばらく同居していると断っておく」

そして、サエキは少し首を傾けると付け加えた。

「表向きは部屋をシェアしている同居人だが…、もし、誰かに何か必要以上に探られるようなことがあったら…、西ベルリンはロシアやイギリスと違って、ゲイには寛大な街だ。ただ、意味深に笑うにとどめておけ。そうすれば、勝手に向こうで納得してくれる」

情報員同士であることを勘ぐられぬように同性愛者を装うという考え方に、またアレクセイは驚いた。

ソビエトは同性愛者に刑事罰を科す、数少ない国である。それと知られれば収容所送りにもなりかねない同性愛者をわざわざ装うという発想自体が、アレクセイの中では出てこない。

確かにサエキは綺麗な男だが、それを恋人のように振る舞うというのは、また少し違う。

アレクセイが一瞬目を見開いたのに、サエキは人の悪い笑みを浮かべただけだった。

アレクセイはサエキを、やはりどこかエキセントリックなところのある男だと思った。

「とりあえずは、日常語程度のドイツ語の習得と地理の把握かな。ベルリンはかなり特殊な状況下にある街だから、それをきっちりと理解しておくこと。ここ一週間程度はベルリンの観光三昧だな」

サエキはコーヒーのカップを手に、少し考えながら言った。

確かにそれは仕事を覚える以前に、このベルリンの街に住むために最低限必要なことだった。

「チェックポイント・チャーリーを抜けると、色々驚くことも多かっただろう。何かわからないことはあったたか？」

サエキの質問に、アレクセイはわずかに首をひねった。

「チェックポイント・チャーリーではスタンプはもちろん、パスポートの提示も求められませんでした。それが意外で…」

ああ…、とサエキはニヤッと笑って見せた。

「西側諸国にとって、別に壁など必要ないものだからな。ベルリンというひとつの街を行き来するのに、いちいちパスポート提示など必要ないというスタンスだ。別にチェックポイント・チャーリーを越えて東側に行って住むのは自由だが、残念ながら東に好んで住みつきたいという者は出てこない。東側からは命を賭《と》してでも、あの壁を越えたいという人間は山ほどいるけれども」

その言葉に含まれた毒に圧《お》され、一瞬、アレクセイは返す言葉を失う。そして、この地ではここまで堂々と自分達の属する東側陣営を皮肉ってもいいものなのかと驚いた。

サエキは、最後に付け加えた。

「アーシャ、おまえには料理のセンスがある」

その言葉にアレクセイは微笑み、頷いた。

さして美味そうにも食べていなかったサエキの皿は、料理が残されることもなくきれいに空になっていた。

祖国を離れ、家族や友人と連絡を取り合うのもままならない日々だが、アレクセイはこの見知らぬ街で、この不思議な魅力を持つ男と共に食事をするのはそう悪くないと思った。

V

「アーシャ、そろそろ、いい頃合いだろう」

シャツの袖《そで》をめくりあげながら、バスルームにサエキが入ってくる。

服が染みとならないように上半身を脱ぎ、ジーンズ一枚の姿で浴槽のかたわらに腰掛け、こつこつとノートにキャンベルのサインの練習をしていたアレクセイは顔を上げた。

浴室には、ヘアカラーの鼻を突くようなきつい臭いがこもっている。

「見せろ」

サエキが洗面台の前で手招きするのに、アレクセイは立ち上がった。

サエキはアレクセイの髪をかき分け、色の入り具合を丹念に確認する。

「ようし、いいだろう。髪を流せ」

アレクセイは浴槽の上にかがみ込み、シャワーで髪をすすいでゆく。

黒く濁った液体が排水溝に次々と流れ込んでいった。

「サインはかなり上達したな。これなら、キャンベルとして十分に通用するだろう。ずいぶん器用なものだな…、たいしたものだ」

サエキは髪をすぐアレクセイの隣で、浴槽の縁に腰掛けながらノートにつづったサインをめくりながら呟《つぶや》いた。

「君は、『Ｖ局《ヴェ》』の候補に挙がっていたらしいな」

アレクセイすらはっきりとは知らされていない適性ファイルに、すでにサエキは目を通しているらしい。

もしかしてこの男は、自分が考えている以上に上の地位にいるのだろうかと思いながら、アレクセイはコックを止めた。濡れた髪の毛を絞りながら、かたわらの男を見上げる。

見てくれの年齢だけをいうなら、サエキはアレクセイとほとんど変わらないぐらいか、場合によっては年下のようにも見えるのだが…。

「それも、調書か何かに載ってましたか？」

「載っていなくともその筋肉のつき方を見れば、どんな訓練を受けたのかおおよその見当はつく。海軍在籍以降、かなり本格的な訓練を受けただろう。筋肉が絞り込まれている。全身をまんべんなく強化して基礎体力をつける、軍隊式訓練による筋肉のつき方とは違う。より俊敏な動き、より瞬発的な力を作り出すための特殊部隊向けの身体の作り方だ」

タオルで髪を拭《ぬぐ》っていたアレクセイは、サエキがそういう見方で自分を眺めていたのかと驚いた。

「もちろん、成績も聞いている。射撃、狙撃、組み手、ナイフの扱い、瞬発力をはじめとした運動能力、すべて申し分なかった」

　サエキはあのやわらかなテノールで、まるで歌うように言う。

「でも、暗殺要員としては適性がないと教官に言われました」

「いくら有能なエージェントでも、すべての適性を兼ね備えた完璧な人間などいない。たま君が、『V局《ヴェ》』に向いていなかっただけの話だ。あそこで必要とされているのは、要求された瞬間に、躊躇《ちゅうちょ》なく人を殺すことのできる殺人マシンとしての要素だけだからな。言い換えれば、それ以外の適性はいらない」

　言いながらサエキは、アレクセイのまだ湿った髪をつまみ上げる。

　そして今度はアレクセイから少し離れ、しげしげと全身を眺めた。

「もとの顔立ちが上等な分、まだ少し、あの男よりワイルドさにかけるな」

　サエキはドライヤーを手にすると、アレクセイの髪を乾かし始める。

　半ばでドライヤーをアレクセイの手に押しつけると、ちょっと待っていろと出ていってしまう。

　やがて、サエキは鋏《はさみ》を片手に戻ってきた。

「髪型をもう少しワイルドなものにすれば、ちょっと印象が変わるんじゃないか」

　サエキはアレクセイの乾きかけの前髪に、無造作にいくらか鋏を入れた。棚のムースを手に取り、アレクセイの髪に揉《も》み込むようにしてつける。

そのまま黒髪のすべてを後ろに流したり、一部の前髪を立てたり、あるいは分け目を変えてみたりと、いくつかの髪型を試す。

「こんな感じでどうだ？」

何回か髪型を変えたあと、サエキはようやく納得のいったように鏡を指し示した。

鏡の中の見慣れぬ髪の色、見慣れぬ髪型の男に、アレクセイは目を眇《すが》め、左の横顔、右の横顔と映してみる。

不揃《ふぞろ》いの前髪をムースで固めていくらか額《ひたい》に落としたこの髪型は、確かにビジネスマンといったホワイトカラーよりも、カメラマンなどのやや特殊な業界に属する人間といった方が似合う。

ブルネットよりもさらに暗い黒髪のせいか、サエキが前髪にいくらか無造作にハサミを入れたせいかは知らないが、もともと濃い瞳の青さが目立ち、表情は以前よりも鋭く見える。

確かに元のアレックス・キャンベルという男に、より印象が近づいたようだった。

「もう少しぐらいなら、襟足《えりあし》のあたりをのばしてみてもいい」

アレクセイと一緒になって鏡の中を覗きながら、サエキは耳の下あたりを指さす。

「そうしてみます」

アレクセイは頷き、鏡の中の見慣れぬ自分の姿をもう一度しげしげと眺めた。

髪型と髪の色が変わるだけでずいぶん印象の違ってしまった自分の姿を見ていると、鏡の

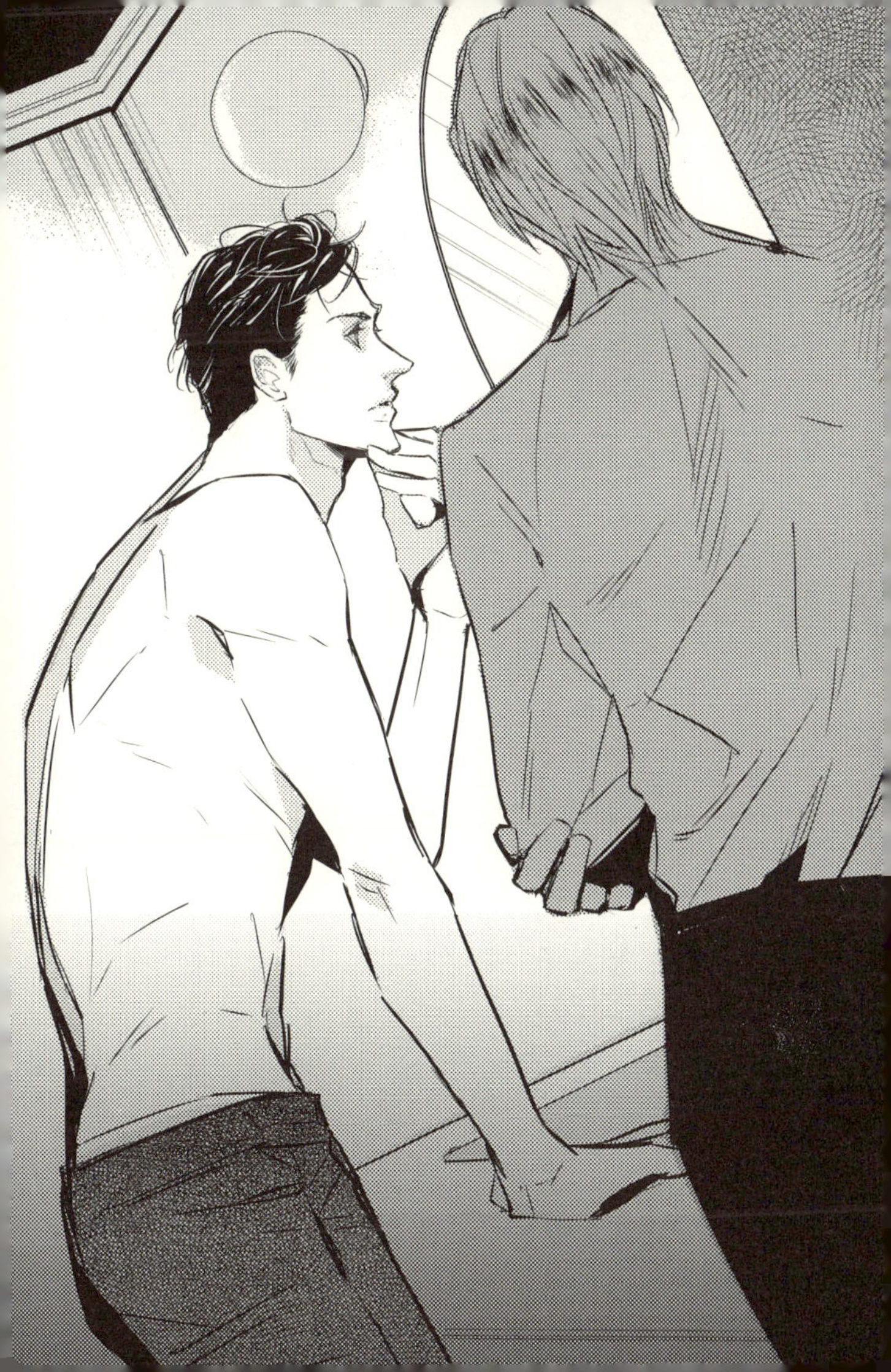

中のサエキと目があった。

小振りな卵形の顔を持つ金髪の男は、少し目を細めるようにして笑った。

ほとんど左右対称にも見えるその整った顔は、鏡を通すと東洋と西洋が巧みに融合した、ヘレニズム期の彫刻や絵画の柔和な顔立ちを思わせた。

しかし鏡から視線を戻すと、いつもの冷たいほどに整ったサエキの顔があり、ヘレニズムの影は霧散する。

「黒髪の方が、クールに見える」

魔法のようになめらかなテノールでそれだけ言うと、サエキは洗面台で整髪料のついた手を洗った。

アレクセイは今一度、鏡の中の少し雰囲気を変えた自分の顔を見た。

このサエキという会ったばかりの男の手によって、自分という人間がどんどん変えられてゆくような気がする。

アレクセイはそれに対し、かすかな不安と共に、未知のものへの興味と興奮があるのを感じずにはいられなかった。

二章

I

「アーシャ、準備は？」

土曜の朝、廊下に開けはなったままのバスルームのドアをノックしながら、先にバスルームを使ったサエキがのぞき込む。

今日は初めての、西ベルリンを拠点に動く他の諜報員達との顔合わせだった。

「あと二分待ってください」

鏡に向かって髭を剃《そ》りながら、アレクセイは答える。

今日のサエキは、タートルネックの黒のセーターに厚手のコーデュロイのコートを抱えている。

一番最初にかけていたオーバル型の眼鏡とは違って、黒のスクエアな形の眼鏡をかけているせいか、いつもよりもさらにシャープな印象だった。

アレクセイは二枚刃のカミソリについた泡を洗い流し、髪をこの間サエキが作って見せたようにラフに整える。

最初はハードに見えた黒髪にも、次第に慣れてきていた。

アレクセイは部屋に戻るとダークブラウンの革のジャケットを手にとり、急いで玄関へ向かう。

アレクセイが国から持ち出すことを許されたのは、支給された衣類ぐらいだった。

あとのものはペンひとつから、シャツ、コート、ブーツといった類のものまで、すべてこ数日でサエキと共に選んだものだった。

これまでのアレクセイの趣味とは異なった衣服は、サエキがカメラマンという職業を念頭に選んだラフなスタイルのものが多い。

衣類だけに限らず、西ベルリンにはイギリスやアメリカ、フランスといった西側諸国のありとあらゆる品物が豊富に入ってくるようで、ソ連では見かけなかった垢抜《あかぬ》けたデザインや素材のものを多く見かけた。

自分のこれまで着ていたものとはまったく異なるとは思いながらも、アレクセイはサエキの選ぶ衣類や小物がぴったりとあつらえた新しい皮膚のように似合うことを、意識せざるをえなかった。

同時に、多少のほころびや生地の傷みなどは丁寧に繕って、数少ない手持ちの衣類を大事に着ていた母親や妹を思い、こんなコートやセーターを送ってやればずいぶん喜ぶだろうに…と、とりわけ目立つ女性向けのファッションコーナーを見るたびに思った。

妹はいつも、稀少《きしょう》で高価な西側のストッキングを欲しがっていた。

ヨーロッパ製の質のいいストッキングを欲しがっていたのは、妹だけではない。外貨と引き替えにわずかに密輸入される薄くて丈夫なストッキングは、分厚くてすぐに破れる質の悪いソビエト製の十倍以上もの値段がしたが、あらゆる女性が欲しがるプレゼントのひとつともいわれていた。

意中の女性の関心ほしさに、このストッキングをプレゼントとして贈る男も少なくない。ベルリンでは無造作に棚に並んだ安価なストッキングひとつをとっても、ソビエトでは男から女への贈り物として十分に成り立つほどに人気の商品だった。

それほどに、この西ベルリンとソビエトでの生活レベルは違いすぎる。

「お待たせしました」

アレクセイが声をかけると、サエキは、玄関で腕の時計を示し、薄く笑った。

「一分五十二秒、たいしたもんだな」

仲間内で「教授《プロフェッソア》」と呼ばれる取りまとめ役の男の部屋は、大学にほど近い、公園に面した通りにあった。

サエキのアパートと同じく、アルト・バウと呼ばれる戦前の重厚な造りの建物だが、サエキの部屋よりもさらに一世代古いもののようだった。

慣れた様子のサエキに伴われ、アレックスは階段を三階まで上がる。

ワンフロアを二つに割った贅沢な造りのアパートで、サエキは階段から奥まった方のドアをノックした。

『どうぞ』

しばらくの間をおいてドアを開けたのは、ブロンドの髪を後ろでまとめた美女だった。

『あら…』

美女はサエキと顔を合わせるなり目を見張り、次には綺麗なアーチ型を描く眉をきりきりと吊《つ》り上げた。

嫌な男に出くわしたといわんばかりの、露骨に剣呑な表情だった。

だが、不愉快そうな表情を見せたのはほんの一瞬だけで、次にはアレクセイの姿を認め、女はにこやかに微笑んで見せた。

『どうぞ、入って』

歳は二十代後半といったところだろうか。若いばかりではなく、すでに自分の魅力を十分に承知している歳のように見える。

すらりと背は高く、スタイルがいい。

背中にかかる長さの髪にはゆるくウェーブがかかっており、後ろでひとつに束ねてある。

くりの深いVネックの白のニットに、タイトなツイードのスカート、ロングブーツがよく似合っていた。

丁寧にマスカラの施された目は、綺麗なブルーだ。

それもアレクセイのように藍色を帯びた濃いブルーとは異なり、晴れ渡った夏の空のように明るいスカイブルーだった。

女は当然のような顔でサエキを無視し、アレクセイに声をかけてきたが、サエキも女に無視されていることなどまったく気にもとめていないような顔で、アレクセイに続く。

女は先に立って二人を奥へと案内した。

「教授」の部屋は、サエキのアパートよりさらにひとまわり広いようだった。

廊下の壁のあちらこちらに学生に囲まれた写真や教授連と肩を並べる写真、学校からの感謝状などが飾られ、廊下に置かれた書棚や椅子など、ありとあらゆる場所に本が積まれている。

いかにもその名の通り、どこかの大学教授の住まう部屋に見えた。

『教授、アレックス・キャンベルよ』

女は、一番奥まった部屋の入り口で声をかける。

その顔立ちからスラブ系のようにも見えるが、女は二人を迎えた時からドイツ語で話した。

『ようこそ、「ヴァレンタイン」。ようこそ、ベルリンへ』

天井からレースのカーテンのかかった高い窓を背に、パイプをくわえた品のいい老紳士がドイツ語で挨拶しながらにこやかに立ち上がった。

耳の後ろで切りそろえられた、少し縮れた髪は、すっかり白い。立ち上がる際に上体は少し揺れ、背中もやや曲がりかけている。

すでに相当の年齢のようで、案内した美女が孫娘ぐらいの歳にも見えた。

机の上には様々な書きかけの文献が散らばり、象牙《ぞうげ》色をベースとしたアンティーク風の地球儀が置かれている。

『私はルドルフ・ミューラー、またの名を「教授」と』

くわえていたパイプを机の上に置くと、教授はかつての教え子でも迎えるように、にこやかに手を差し出した。

外見こそまったく、定年を迎えた温厚な老教授といったところだ。

『私はアレックス・キャンベル…、アレクセイ・ヴァシーリヴィチです。どうぞ、よろしくお願いします』

アレクセイが老人の手を握ると、意外にもしっかりした力で握り返された。

『彼女は、ゾフィー・カナリス。普段は主に私の書いた論文をタイプ、整理してくれている…、まぁ、私設の秘書のようなものだ』

ほほほっ…と笑う教授の後ろに回り、彼が腰を下ろすのを手伝いながら、ブロンド美女は微笑んだ。

『ソフィア・イワノーヴナよ』

女は名前だけ、ロシア語で名乗ってみせた。

同様に差し出された手を、よろしく…、とアレクセイは握り返す。

淡いベージュのネイルが施されたほっそりとした手は、いかにも秘書向きの手に思えた。

こうして向かい合っていると、本当に老いた大学教授と、その身の回りの世話をする秘書に迎えられたようでもある。

ソフィアはマスカラでよりはっきりと大きな目許《めもと》を強調しているが、洗練されたベージュゴールドの口紅の色は控えめで、やわらかく女性らしい色香と同時に知的な雰囲気がある。

その空色の大きな目はとても印象的で、やさしく微笑まれるとほとんどの男が言うなりになってしまいそうなほどの美人だった。

『「ヴァレンタイン」っていうのは、その色男ぶりから取られたのかしら？　ならば、本部もずいぶん気が利いてるわ』

ソフィアは、軽く片目をつぶって見せた。

『私は、もっとラテン系の饒舌《じょうぜつ》な男を想像していたんだが、君はずいぶん背も高くスマートだな』

なぁ、と教授は軽口を叩き、椅子の後ろに立つソフィアを振り返る。

『そうね、立ち居振る舞いがずいぶんクールでエレガントね。それに黒髪に深いブルーの瞳が、どこか哀《かな》しそうでセクシーだわ。いかにもなフェロモンを出してるラテンの男なんかよりも、彼の方がずっとストイックな感じがして私は好きよ』

教授とソフィアは、教授とその秘書というより、まるで祖父と孫娘のように親しげに言葉を交わす。

ドイツ語のために所々聞き取れなかったりもするが、おおむね、アレクセイの容姿について褒めているようだった。

『よかったな、アレックス。カナリス嬢は君のことを気に入ったようだ』

教授は笑いながら、アレックスを見上げた。

『いい男に興味のない女がいるのかしら？』

ソフィアも笑顔で応じ、二人に椅子を勧める。

しかし、にこやかな女に対しても、サエキはよほど気が合わないのか、二人のやりとりの間、終始そっぽを向いていた。

女の方は女の方でまったくサエキの存在は無視したような顔をしているので、お互い様といったところなのか。

『そろそろ、スタインの紹介を』

やや冷めた声で、サエキが口を挟む。ここでは二人と同じく、ドイツ語で話すらしい。

『ずっと隠れているなんて、人が悪い』

サエキの言葉にアレクセイが驚いて振り返ると、隣の部屋との境のドアが開いた。

アレクセイもあらかじめ人の気配を察知する訓練は受けているが、隣の部屋に男がいたことにはまったく気づかなかった。

『人が悪いだなんて…、隣の部屋で君たちのためにコーヒーを用意していただけさ』

一瞬のアレクセイの警戒を打ち消すように、小太りの男がにこやかに姿を現す。

背はそれほど高くない。歳は四十前後といったところか。

丸顔に憎めないような愛想のいい笑みをいっぱいに浮かべ、肘《ひじ》まで袖をまくった男は、湯気の立つカップの載ったトレイを運び込んでくる。

『淹《い》れ立てのコーヒーを？　西ベルリン一の豆だ』

頭部のやや禿《は》げ上がった様子といい、つぶらな目といい、肘までまくり上げたシャツから覗くまるまるとした腕といい、街の気のいい肉屋かパン屋とでもいった雰囲気の男だった。

次から次へと飛び出す威勢のいい言葉も、いかにもベルリンっ子らしい。

これでゆるめたネクタイさえなければ、パン屋だと言われても信じただろう。

『モスクワなんかじゃ、絶対手に入りっこない上等な豆だ。よく味わってくれ、色男』

愛想よくカップを手渡しながら、男はしげしげとアレクセイを見た。

『なるほど、たいした二枚目だ。サエキといい、君といい、モスクワはずいぶんゴージャスな色男を、このベルリンに大盤振る舞いしてくれるな。ゾフィーじゃなくとも、女だったら嬉しくなるね。これじゃ、俺みたいな男はますますぱっとしなくなる』

男は短く口笛を吹くと、アレクセイの肩をパンとひとつ叩き、他の三人にもいそいそとコーヒーを配って回る。

男の親しげな歓迎ぶりにいささか面食らいながらも、アレクセイは苦笑した。

大仰にも聞こえる言葉だったが、確かにコーヒーは薫《かお》り高く、味にもずいぶん深みがあって美味い。

長い時間並んでも、粗悪な豆、あるいはインスタントしか手に入らないソ連では、とても口にできないような逸品だった。

しかし、サエキはさして楽しそうな様子も見せず、小さくダンケと礼を言ってコーヒーを受け取るにとどめる。

『こちらはクルツ・スタイン。本部からの運び屋、及び伝達係だ』

『ダビッド・ニコラエヴィチだ。どうぞ、よろしく』

教授の紹介で、男は改めてアレクセイに手を差し出した。

『アレクセイ・ヴァシーリヴィチです。どうぞ、アリョーシャと呼んでください』

『あまり、そう呼びかける機会はないと思うけど、私もアリョーシャと呼んでいいのかしら?』

横からカップに口を付けながら、ソフィアが尋ねてくる。

『ええ、そう呼んでいただけると』

『じゃあ、私のことはソーニャと呼んでね』

表情の薄いサエキに比べ、ソフィアはどこまでもにこやかで好意的だった。

『さて、アレックス。まずは君に、本国から仕事道具が届いている。クルツ、例のものを見せてやってくれ』

教授はにこやかにダビッドを促した。

もちろん、もちろん…と、ダビッドは隣の部屋から、ひと抱えもある大きな黒いキャリーバッグを運び込んできた。

『こいつは仕事道具としては、ずいぶん高くついてるぜ。まずはこっちがニコン、そして、こっちがとっておきのライカだ。実際にアレックス・キャンベルが愛用していたものだが、両方ともプロ仕様で、けっこうな値打ちものだ。これだけで十分に重い。それで、これが大小をあわせたいくつかのレンズ、フィルター、ケアのキット…、これだけあれば、十分にプロカメラマンと言って通るだろう』

ダビッドはキャリーボックスから、次から次へと魔法のように機材を取り出してみせる。

言葉通り、アレクセイに手渡されたプロ用のカメラはずっしりと重い。

『それに、これがアレックス・キャンベルの実際に撮った写真とネガだ。報道写真が主だが今後の参考にしてくれ。その傾向を踏襲してもいいし、アフガニスタンで心機一転したっていう理由で、まったく違う方向を開拓してもいいだろう。そのあとの細々したものは自分で調達できるだろう？　あと、何か他に足りないものがあるなら、直接に言ってもらってもいい。それから、現像用品はメーカーから直接、サエキのアパートの方に送られるようにしておいた。何、プロ用っていうだけで、特殊な道具は何もないから、そこから足がつくこともないだろう』

次々と取り出される道具に、アレクセイはひとつずつ目を通す。

少なくとも、表向きはカメラマンとして通用するだけの技量を身につけなければならないということだった。

モスクワを発つ前、ドイツ語と同じでカメラの構え方から構図、露出、現像方法までレクチャーを受けた。

それは機密を盗んだり、証拠写真を撮るためのものだと思っていたが、自分の伝説作りの基礎となっているとは考えていなかった。

『何、高品質の望遠レンズを堂々と持ち歩けるんだ。露出や現像の専門知識を身につけてくれるなら失敗もなくなる。俺たちにとっては、ありがたいことだ』

頼んだぜ、アリョーシャと、ダビッドは微笑んだ。

その後、ソフィアが手作りだというケーキを振るまってくれたが、味は母親の作ってくれたケーキのように素朴で懐かしく、それがアレクセイにとっては嬉しかった。

下手をすれば何年、何十年という長い間を、アレックス・キャンベルの名で過ごさなければならないというサエキの言葉が、さっきからずっと引っかかっている。

海軍時代には何ヶ月と航海に出て、長く家に戻れないこともあったが、それでもまめに家族に手紙を送ったし、母親も家族での細々としたやりとりなどを手紙に記して送ってくれたものだった。

年老いた父が、最近あまり心臓の調子がよくないことも、国を出る時から気にかかっていた。

ベルリンにやってきて早々、誰かに尋ねることもはばかられるが、再び愛する家族達に会えるのはいつのことだろうかという不安が、すでに幾度か頭をよぎっている。

だから、母親の作るケーキに似た味が、むしょうに嬉しく思えた。

何事か話し込んでいる教授とサエキ、ダビッドをよそに、アレクセイは空いた皿やカップをトレイに載せ、キッチンへと運ぶ。

そこでは、ソフィアが流しにもたれ、煙草をふかしていた。

『あら、運んでくれたの？　ありがとう』

さっきまでの上品で親切な秘書のイメージとは少し違う表情を見せ、ソフィアは笑った。

『…煙草を？』

『吸う？』

流しにカップを置きながら尋ねると、女は微笑み、箱を差し出す。

『いえ、私はやらないので』

断ると、そう…、とソフィアは箱を引っ込めた。

少し気怠い、どこかサエキにも似たような表情で、女は煙草をふかし続ける。

『何？　煙草は嫌い？』

しばらくその横顔を見ていると、ソフィアは煙を吐きながらアレクセイを見上げた。その表情は、さっきまでの優しげな秘書の表情とは違って、妙にはすっぱなものに見えた。

『肌荒れのもとです、せっかくの美人なのに』

アレクセイの言葉にソフィアはけらけらと声を立てて笑い、手許の灰皿で煙草をもみ消した。

『いいわ、煙草を吸う女は嫌いだなんて言ったら、軽蔑してやるところだったけど、肌の心配をしてくれるのなら許してあげる』

ソフィアは流しで手を洗い、何がおかしいのか、また笑った。

『失礼でしたか？』

尋ねるアレクセイに、女はいいえ…、と首を横に振る。

『本当はね、煙草は臭いも跡も残してしまうから、吸わないに越したことはないのよ。吸ってる本人にはわからなくとも、吸わない人間は気づくものだわ。だから、あなたは間違っていないの』

もとのにこやかな秘書の表情に戻って、ソフィアは微笑む。わずかな時間で様々に印象を変える女だった。

『優しい人ね、アリョーシャ。それによく気がつくわ。あのサエキが、一週間経《た》っても部屋に置いているはずよ』

『しばらくの間だと聞いてますが…』

はっ…、とソフィアは鼻で笑った。

そんな表情をすると、整ったやさしげな顔がとたんに勝ち気で、芯の強そうなロシア女の顔となる。

自分よりもはるかに大柄な男にも平気で嚙《か》みつき、こき下ろす女の顔だ。

『サエキっていうのは、恐ろしく神経質で利己的な男よ。あなたが気に入らなければ、次の日にでも部屋から叩き出してるわ。少し物価は高いけど、空いてる部屋もホテルもいくらでもあるんですもの』

まったく、いけ好かない男よね…、とソフィアは目を細めた。

自分勝手なナルシスト野郎、と続けざまに棘《とげ》だらけの罵倒《ばとう》が出てくる。

サエキもソフィアにはけして話しかけようとはしなかったが、ソフィアはソフィアでサエキを毛嫌いしているらしい。

同じグループにいながら、互いにそれを隠そうともしないところが、何とも不思議だとアレクセイは流しのカップを洗い始める。

はたしてこれで仕事が円滑に進むのだろうかと、まるで他人事《ひとごと》のように心配になった。

『何、洗ってくれるの？』

『ええ、美味《おい》しいケーキをいただいたので、後かたづけぐらいは。今、向こうでちょっと込み入った話をしてるようですし…』

はっきりそうと言われたわけではないが、何となくサエキのそぶりでそれがわかったから、アレクセイは皿やカップをキッチンへ運ぶ振りで席を外した。

『頭のいい人ね、アリョーシャ。それに分をわきまえていて、頭をつっこみすぎない。それが一番よ』

ソフィアは微笑んだ。

何と答えたものか、アレクセイは困惑し、わずかに肩をすくめるにとどめた。

『ありがとう、ここは任せたわ』

ソフィアはそれ以上は言わずに、キッチンを出て行った。

『後かたづけまでやってゆくなどとは、感心だな、ぼうや』

アレクセイが最後の皿を流していると、廊下で陽気な声が上がった。

顔を上げると、どこまでソフィアとのやりとりを聞いていたのか、ダビッドが楽しそうに覗き込んでいる。

『いえ、もう、これで終わりです』

アレクセイはタオルで濡れた手を拭いながら答える。

そのままバスルームにでも行くのかと思ったダビッドは、アレクセイの横にやってくるとロシア語で声を潜めた。

『アリョーシャ、例の件に関して、本部への連絡法だが…』

サエキに関する報告について、連絡法は追って命じると言われていたが、この男が連絡係なのかとアレクセイはまじまじとダビッドの顔を眺めた。

確信があったわけではないが、何となくまったくグループとは別の諜報員から接触があるのではないかと思っていた。

『ひと月に一度、報告書を私のオフィス宛《あて》に郵送するように…。まずは、今月の末だ』

オフィスのアドレスはこれだと、ダビッドはアレクセイのシャツの胸ポケットに名刺を滑り込ませた。

街の気のいいパン屋という印象の男だが、オフィスを持つということは、どこかに会社員として勤めているのか、それとも自分で事業でも起こしているのか。

少し意外な気がしたが、確かにパン屋や肉屋では、そう容易にモスクワと連絡は取れまいとも思えた。

『くれぐれも、サエキには知られないようにな。何か緊急の連絡があれば、手紙ではなくオフィスに直接電話を。落ち合う場所は、またその時にでも指示する』

『了解』

いったい、ここの諜報員達の関係とはどのようなものなのだろうと、アレクセイは思った。サエキにしろ、ソフィアにしろ、この男にしろ、完全な信頼関係で結ばれているとは言い難いようだ。

アレクセイが頷くと、ダビッドはまたひとつ、アレクセイの尻のあたりをたたいた。スキンシップの多い男だ。

小柄なダビッドだと、長身のアレクセイではちょうど見下ろすような形になる。

『カップは拭《ふ》いて、そこの棚の一番下の段に。頼んだぞ』

再びドイツ語で楽しそうな声を上げると、男は入ってきた時と同様、陽気に部屋を出て行った。

「教授」の部屋を出てからのサエキは、ずいぶんとふさぎ込んでいる様子だった。

もともと線の細い容貌だった。眉を寄せると、ひどく神経質な表情になる。眼鏡は素顔を隠すためというサエキの言葉通り、黒縁のスクエアの眼鏡をかけると、眼鏡のシャープなシルエットの方が先行して、サエキの特徴でもある繊細な美貌が目立たなくなる。

しかし、眼鏡をかけていてもそのぴりぴりとした雰囲気はわかるので、アレクセイはあえて自分から声はかけなかった。

「…今日は、どこに行くんだった？」

ソーセージやビール、コーヒー、ジュースなどのファーストフードを扱う屋台、インビスの店頭で、アレクセイが買ってきたソーセージにいたずらにフォークを突き刺しながら、初めてサエキは口を開いた。

「ダーレム美術館に…。ネフェルティティの胸像を見に行く予定でした」

アレクセイの言葉に、そうだった…、とサエキは呟いた。

「王妃の胸像だ。古代エジプト史上、もっとも美しいと言われている微笑みを持った胸像だ…。ネフェルティティの意味は『遠方より来たる美女』。まさにその名の通りの美女だ。ベルリンに来たなら、一度は見ておけ」

呟いていても、心ここにあらずという雰囲気で、この男にしては非常に珍しい。

「お疲れなら、また別の日にでも。ネフェルティティは逃げないので…」

アレクセイの言葉にも、サエキはしばらく反応しなかった。

スタンドでサエキと肩を並べながら、アレクセイはただ黙って男の反応を待つ。

人気のあるインビスのようで、店先にいくつか並んだパラソルつきのスタンドは、二人と同じようにカレー粉とケチャップとをかけたソーセージ――カリーヴルストをつっつく客で埋まっている。

スタンドに肘をついたサエキはしばらく眉を寄せ、息を詰めて何かを考え込んでいるようだった。

もちろん、それが古代エジプト王妃の微笑のことでないことぐらい、アレクセイにもわかる。

おそらく今日は王妃に会うことはないのだろうなと思いながら、アレクセイは時折ビールを口に運び、主人に忠実な犬のように辛抱強くサエキの反応を待つ。

今日のサエキの沈黙は、たまにサエキが陥る瞬間的な放心とはまったく種類を異にしているようだった。

一週間ほどサエキと共に暮らして知ったが、サエキという男は、時折所在なく視線が揺れる。

話している最中、居間のソファに寝ころんで本を読んでいる最中、地下鉄を待つ間など、ふとした瞬間にサエキの視線が揺れている。

どこを見ているというわけではない。

ただ、もともと薄い表情が消え、視線がぼんやりと宙を見る。

その次にはいつもサエキは目を伏せ、一瞬の視線の揺れが見誤りであったかのように、すぐにいつもの近寄りがたい、怜悧な雰囲気に戻る。

しかし、最近ではそんなサエキの表情を見る時、アレクセイはずいぶん微妙な感覚にとらわれる。

どうともうまく説明はつかないが、視線を宙にさまよわせるサエキの肩を揺さぶり、その意識を引き戻したいような、何とも切なく複雑な思いになる。

本当に微妙な感情だった。

サエキをそのままに放っておけないような、瞬間的な庇護欲《ひごよく》にも似た思いだ。

サエキがそんな弱い男でないことは、十分にしたたかな一面を持った男であることは、承知の上なのに。

「…ここ一週間ばかり、観光続きで少し疲れた。今日は公園でも散歩しようか」

サエキは何度も突き刺していたソーセージをようやく口に運び、ぼそりと言った。

普段の柔らかみのあるテノールは、妙にくぐもって聞こえた。

なめらかさを失った声の曇りと、サエキの口から散歩などという平和な言葉が出てくることに驚きながらも、アレクセイは頷いていた。

敷地内に動物園も有する広い公園の広場には、その日、サーカスが出ていた。

土曜日なせいか、サーカスはかなりの賑わいを見せている。

大きなテントの横にはメリーゴーラウンドや木製のトロッコ列車などの遊戯施設も出ていて、風船を手にした親子連れが遊ぶ。

遊ぶ子供は、どこの国でも無邪気なものだった。

顔立ちこそ違うものの、大人達の作り上げたイデオロギーなどまったく無意味に思えるほど遊びに夢中になっている子供の表情は、皆等しく楽しげだ。

サエキとアレクセイは電飾がきらきら輝くメリーゴーラウンドの前、ピエロがいっぱいの風船を手にしているのを少し離れたベンチで眺めていた。

「教授が…、ルドルフ・ミューラーが、ロシア名を名乗らなかったのに気づいたか？」

受け取ったばかりのカメラの具合を試そうと、木馬に乗った子供達やピエロに向かってシャッターを切るアレクセイに、サエキが尋ねた。

「ドイツ名だけでしたね」

にこやかな老紳士を思い浮かべ、アレクセイはファインダーから顔を上げて答えた。

最初、ＫＧＢのエージェントが皆、ロシア人だとは限るまい。ドイツ生まれであっても、ソ連側の諜報員となりうると思ったが、皆が全員ロシア名を持つことを考えると、取りまとめ役のミューラーがドイツ人、あるいはその他の共産圏の人間であるとは考えにくい。

「教授のロシア名はイリヤ・ミハイロヴィチ・クーシネンだ。コードネームは不明」

「『教授』がコードネームでは？」

「いいや、我々の間での通り名が『教授』なだけで、我々には実際のコードネームは知らされてない。別にあの男を教授と呼ぶのは、我々だけじゃない。あのアパートの住人も、近所の店の店主達も皆、教授と呼びかける。そのたびにあの男は帽子を少し持ち上げて、にこやかに挨拶をするんだ」

サエキはうっとうしくでもなったのか、眼鏡を外し、組んだ膝《ひざ》の上に転がす。

一瞬、見惚《みと》れるような繊細な容貌が露《あら》わになった。

くせのない金髪が風に揺れるのに、アレクセイは目を奪われる。

「長くベルリンに住まい、以前は実際にベルリン自由大学で教鞭《きょうべん》も取っていたらしいが、経歴は不明。ポーランド内にあったユダヤ人強制収容所からの数少ない帰還者だという話もあるが、それも真偽は不明。もちろん、本部は承知だろうが…。欲のない、温厚そうな老人に見えるが、なかなか正体を見せない狐《きつね》だ。我々ベルリンの諜報員だけでなく、西ヨーロッパのほとんどの非合法工作員に指示を出していると言われている」

確かに人の良さそうな老人に見え、実際にはグループのリーダーだということすら、一瞬疑ったほどだったので、アレクセイにとっては意外な話だった。

海軍にいた頃とは違って、ここでは皆、巧妙な皮を被《かぶ》りすぎていて、なかなかその正体が見極められない。

「ちなみにミス・カナリスは『ヒルダ』、クルツ・スタインは『郵便配達夫』のコードネームを持ってる」

他人行儀にミス・カナリスと強調したサエキは、嫌なことでも思い出したというようにわずかに顔をしかめた。

「『ヒルダ』の意味を？」

「何か意味でも？」

「マーガレット・サッチャーのミドルネームだ」

サエキは、『鉄の女』の通り名を持つイギリスの女首相の名前を挙げた。

そして、忌々しげに言い捨てた。

「誰がつけたんだか知らないが、あの女にはお似合いの名前だ。まさに、神経が鉄でできてる。ローラーで轢《ひ》いてやっても、死ぬようなタマじゃない」

あの牝猫《めすねこ》…と、普段はあまり感情をあらわにしないくせに、ソフィアの名前を口にする時だけ、サエキは露骨に嫌そうに顔を歪めた。

「親切でしたが…」

控えめに口を挟んでみたが、ソフィア同様、険のある言葉が立て続けにかえってくる。

「あの女は海千山千の牝狐《めぎつね》だ。仮面のようにスイッチの切り替えられる性格なんだ。おまえぐらいの男なんて、手のひらの上でわけなく転がしてみせる。自分本位で魔女みたいなタマだ。しおらしげに口にする言葉の百分の一も、相手のことなんか思っていない。あの顔つきや声にだまされるな！」

互いによほど気が合わないのか、二人ともずいぶんな言いようだった。

しかも、知ってか知らずか、互いに相手のことを身勝手な人間だと、同じような罵《のの》り方をする。

それが何ともおかしくて、アレクセイは苦笑した。

ソフィアもサエキと一緒で、ずいぶん知的で有能にも、また表情や話し方では一見おとなしげにも、逆に一転して気が強そうにも見える。

性格はまったく違うようだが、互いにどこか似たところがあるから、こうまで嫌いあうのかもしれないと、アレクセイは思った。二人をよく知っているわけではないが、第一印象というのは意外に信用できる。

サエキはおまえはあの女をわかっていないと、苦虫を噛み潰《つぶ》したような顔でそっぽを向く。

「ダビッドはスキンシップが多かっただろう？」

ダビッドと言われ、アレクセイは胸ポケットに入れられた名刺の存在を思い出す。

確かに他のメンバーに比べるとスキンシップは多かったが、ああいう人なつっこい人間はソビエトには珍しくはない。過度というほどではなかったが…と思いながら、アレクセイは頷く。

「そうですね」

「多分…、いや、十中八九、あの男はゲイだ」

サエキが淡々と言うのに、アレクセイはギョッとした。

「なぜ、それを私に?」

サエキと同居しているわけを勘ぐる者がいれば、同性愛者だと匂わせてやればいいと言われた時にも驚いたが、やはり今日も落ち着かない気分になる。ソビエトは冤罪《えんざい》の可能性を考えると、誰かが同性愛者だと安易に口にするのもはばかられる国だった。

「まず、相手を観察することが一番大切だ。つぶさに観察し、分析し、相手の弱点、弱みとなるものを探す。家族、友人、隠している失態、性癖、借金、過去の犯罪歴などがそうだ。逆に、相手が一番関心を持つもの、興味を引かれるものを知ることも大切だ。金、地位、名誉、女。望みが女だとするなら、もちろん好みのタイプも熟知していなければならない。短い時間で相手の弱み、欲望などを知ることが、他人を操るための一番確実で手っ取り早い方法だ。裏を返せば、それが簡単にはできない相手には、用心してかかった方がいい」

諜報員としての基礎として教わったことではあるが、それがすでに身についているのか、サエキはこともなげに言い捨てた。

「あの男がゲイなのは、見ていればわかる。女には指一本触れない。むろん、ミス・カナリスにもだ。思い出せ、おまえには数回触れているが、あの女には一度も触れていないはずだ。逆に若い男は、よく目の端で値踏みしてる。とりわけ、おまえのようなブルネットや黒髪の、背が高くてがっしりとしたタイプの若い男には目がない。気をつけろ」

気をつけろと言われ、アレクセイはまともにサエキの顔を見る。

サエキはにこりともせず、まっすぐにアレクセイを見返していた。

「だが、ゲイ以前に、本部に固く忠誠を誓った筋金入りだ。用心しろ」

サエキの言葉は、聞きようによってはサエキが本部に忠誠を誓っていないようにも聞こえる。

サエキについての報告書を受け取るダビッドは、ただのモスクワへの連絡役なのか、それともアレクセイ同様、サエキを見張る監視者なのか。

サエキはそのまま、低く言葉を続けた。

「とにかく、どれだけ相手が親切に見えても、簡単には気を許すな。『教授』にも『ヒルダ』にも、『郵便配達夫』にもだ」

サエキの言葉を信じるならば、ダビッド同様にソフィアや教授も監視者であるとは考えられないだろうか…、とアレクセイは思った。

あるいは、サエキを監視せよと指令を受けたアレクセイの方を見張っていることも考えられる。

それとも、サエキはアレクセイの受けた指示をすでに知った上で、こんな謎めいた言葉を吐くのだろうか。

体制への内通者も多かったソ連では、何がどのような形で密告されるかはわからないので、不用意に人前で本音を洩らすことはタブーであると、アレクセイも幼い頃から教えられて育った。

嫌な教えだが、別にアレクセイの家族が腹黒かったわけではない。むしろ、家族はすこぶる善良で人のいいタイプだった。

ただ、家族を守るためには、愛する人間を守るためには、どうしても親が子供に早くから教えこんでおかなければならないことのひとつだった。

だが、それにしても、ここまで誰も彼もを疑ってかからなければならない状況は、これまでアレクセイにはなかった。用心はしても、誰が裏切り者なのかわからない、場合によっては全員が自分を監視している…、そんな不穏な状況に置かれたのははじめてだ。

しかも皆、この西側での数少ない同胞であるというのに…、とアレクセイはずっしりと重いカメラを手のひらで撫《な》でながら考える。

プロ仕様のニコンの重みとごつごつとした質感は、それを手に考え事をするにはほどよい重量感で、被写体を捉《とら》える以外にも役立ちそうだった。

今はもういないというアレックス・キャンベルという男が、このカメラを愛用していた理由がわかるような気がした。

「…複雑ですね」

アレクセイの言葉に、サエキは首を横に振った。

「別にそうでもない。いたって、シンプルだ。自分以外の人間は、安易に信用するなということだ」

場合によっては…、とサエキは付け加えた。

「場合によっては、この私もだ。信じるのは自分だけにしておいた方がいい」

諜報員に任ぜられた時から察してはいたが、サエキに直接にそれを言われると少しショックだった。

自分以外の人間を信用するなと、はっきりと口に出して言われたことに対してではない。

サエキ自身が常に周囲に対して、そしてアレクセイと二人きりでいる今この時にさえ、ずっとそういう認識を持ち続けていることに対してだった。

今、こうして隣に並んで座るアレクセイにすらも…。

「…はい」

アレクセイは短く答え、手の中のカメラを撫で続けた。

のどかな音楽に合わせて、メリーゴーラウンドが回り続けている。

子供達の甲高い歓声が、広場に無邪気に響いていた。

Ⅱ

そこから一週間ほど、サエキはルポの締め切りがあるからと、部屋にこもって何かをタイプし続けていた。

日を追ってサエキは気が立ってくるようで、時によっては部屋の外にまで、そのピリピリとした気配が伝わってくる。

夜遅くまで数時間にもわたって延々タイプの音が聞こえてくることもあれば、その音がぱったりとやんで、まったく何の音もしない時もある。

寝ているのではないことは、何となくわかる。

ただ、苛立《いらだ》つ気配だけが扉越しに感じられる。

ルポの原稿が進まず、苛立っているのかと思う一方で、アレクセイはサエキが何かもっと他のことで、神経を逆立てているようにも思われて——つまりは教授の部屋を訪れたあとの、サエキの思い詰めたような様子に起因するような気がしていた。

そんなサエキに安易にかける言葉もなく、また、何があったのかと問いただす立場にもなくて、アレクセイはサエキをただそっとしておいた。

思えば、他人からあそこまではっきりと、おまえに対して気を許していないのだというニュアンスのことを口に出して言われたのは、はじめてだった。

そして、これから先、許す気もないのだと…。

アレクセイは手にしていたジャガイモとピーラーを流しに取り落としそうになり、知らず深い溜息《ためいき》をついていた自分に気づく。

うぬぼれていたわけではなかったが、昔からそんなに他人とよそよそしい仲でいたことはなかった。

別に誰とでもべたべたと親しくつきあっていたわけではないが、おまえだけは信用がおける、君は自分にとって家族同然に大事に思える人間だと、何度か周囲の友人や知人から口に出して褒められたことはある。

あまり気が合わないと思った相手とも、ギスギスした関係になることはほとんどなかった。かえって、アレクセイの方では何となく気が合わないと思っていた相手にも、意外に好かれていた、あるいは信頼されていたということさえあったほどだ。

それがいつの間にか、自分はそれなりに人好きのするタイプなのではないかと、勝手なうぬぼれとなっていたのかもしれない。

サエキという男は、はっきりと拒むわけでもないかわりに、他人をすっかり受け入れる気もないらしい。そう思うと、アレクセイは妙に虚《むな》しいような、切ないような気分になった。

近づきにくい雰囲気を持った男ではあるが、アレクセイはサエキを一度も嫌いだとか、苦手だと思ったことはなかった。むしろ、わずか十日ばかりを一緒に暮らしただけだというのに、何ともいいようのない庇護欲や親しみさえ感じていた。

今すぐにサエキが自分にすっかり気を許すとは思っていなかったが、それでもソフィアの言葉もあって、少しずつ心を開いてくれているのではないかと思っていた。

アレクセイは再び溜息をつきかけ、なんとかそれを押しとどめる。

こうして用意する食事は、手がつけられていることもあれば、ほとんど手のつけられていないこともあった。

それでも毎食、トレイに用意してサエキの部屋に運んだ。

そして、サエキが部屋に立てこもっている間、アレクセイはひとりでガイドと地図を手に、カメラを持って街を歩き、写真を撮り続けていた。

ベルリンはカメラを手にした観光客も多かったし、また、観光客以外にも、プロなのか趣味の延長なのかはしれないが、三脚などを手に本格的に写真を撮っている人間も多く、誰もアレクセイに注意を払う様子はなかった。

ベルリンの壁も、何度となく見に行った。

西側から見る壁は、厳重な警戒態勢の敷かれた威圧感のある東側の壁とは異なり、絵や文字で様々に落書きされていて、東側から壁を望んだ時とはまた別の感慨を持った。

壁は実際には、東ベルリンと西ベルリンの境から、東ドイツの敷地内に何メートルか入った場所に設置されており、壁と壁際の幾メートルかは東ドイツの所有物になるらしい。

ただ、重機を使って壁に穴でも開けない限り、東ドイツ側は落書きなどについては黙認している…というよりも、実際には落書きする者はあとを絶たず、きりがないので取り締まりようがないというのが実際のところらしかった。

東ドイツは一方的に壁を設けておきながら、同時に西側を不必要に刺激することを恐れてもいる様子が、そこここに見て取れる。

やむを得ない経緯であったにせよ、生まれ育った国を出てみて初めてわかる事柄、見えてくるものも多いのだと、アレクセイは本来は東ドイツ領内に属する壁際をゆっくりと歩きながら考えていた。

最初に西ベルリン内に足を踏み入れた時にも思ったのだが、壁の向こう側とこちら側とでは、あまりに何もかもが違いすぎる。

物事の価値観から、生活レベルから、そして人間同士の関係、社会構造まで、同じものを探すことの方が難しそうだった。

立ち並ぶ東ドイツのアパートが、壁越し、ほんのすぐそこの距離に見えているというのに…と、アレクセイは空を仰いだ。

確かにこれまで自国の体制への息苦しさを感じることはあったが、海軍にいた頃、そして、KGBでひたすらに訓練を受けていた頃には、自分の生まれ育った国の基盤となる思想については、ほとんど考える暇もなかった。

ずっと生まれた時からその中で育ち、生活は慎ましかったが、幸い家族にはマリヤの父親のように弾圧された不幸な者もおらず、家族を愛し、友人を愛し、実際の資本主義については目にする機会もなかったのだから、疑念を差し挟む余地もなかったといえる。

覆すにはそれらはあまりにも大きく力があり過ぎて、また、逃げ出すには家族や友人らを含めて、自分の持つほとんどのものを犠牲にしなければならなかった。

しかし、実際に壁を目の前にすると、こんな壁を作ってまで人々の逃亡を阻止しなければならないほどの、イデオロギーとは何なのだろうと思わざるをえない。

サエキの言葉ではないが、東側から逃げようとする人間は今でも多数いるのに、一九七〇年代あたりを境として、西側から東側への亡命者はほとんど影をひそめている。

今、この壁を無理に越えて、東側へとゆこうとする人間は皆無だろう。

それでもやはり、アレクセイにとって東側の国、ソビエトは愛すべき祖国だった。

自分たちを雁字搦《がんじがら》めにする息苦しいイデオロギーから逃れようと、そして物理的にはこのわずか三メートルばかりの壁を越えようとして――時には命を落とす者さえあるというのに――あがく人々の嘆きや渇望を封じ込め、無情に続く壁を人々はなぜ見たいと願うのだろうと思いながら、アレクセイは散歩する市民に混じって壁沿いを歩く。

壁いっぱいに書かれた落書きには、実にくだらないものから、単に観光客が記念に名前を書き連ねたもの、卑猥《ひわい》なものまで色々ある。そして、政治色の濃いメッセージも多い。

『これは、ドイツ人がドイツ人を隔てている壁』などと書かれている文字を見て、実際に西側では言論の自由があるのだと、身に染みて実感したのも確かだ。

落書きをするものの中にはアーティストも多いらしく、ペンキで何か抽象画のようなものを描いているのを後ろに立って見ていると、君も描いてみるか、と気さくに声をかけられた。

観光客に混じって物見台へと上がり、東ベルリンの方を眺めてみれば、壁の向こうの無人地帯にある監視塔から、東ドイツの国境警備兵が双眼鏡を使って厳しい顔で物見台にあがる観光客を監視しているのがわかる。

双眼鏡を使うほどの距離でもないのだが、そこまでしてこちら側をつぶさに監視しているのだというアピールなのか、それとも観光客の手にしたカメラに顔を撮られることを恐れてのことなのか。

実際にはカメラを向けられると、嫌がって背中を向けてしまう兵士が多いのも確かだった。

双眼鏡を向ける兵士達をからかって手を振るアメリカ人学生の横で、自分が海軍にいた頃、このように西側の観光客達に写真を撮られることがあったとしたら、どうしただろうか…と、アレクセイは思った。

やはり好奇心から物見台を設けてまで覗いてくる相手、写真を撮ろうとする相手には、同じように硬く険しい表情を向けざるをえなかったのではなかったか。

しかし、海軍の仲間にはまだ二十歳《はたち》にもならない、少年のような無邪気な連中も多かった。けして中身は血も涙もない人間ではないことを、アレクセイはよく知っている。

寄港する先は共産圏ばかりだったが、寄った先々の観光地では、やはりこの壁や検問所前で西側の人々がするように、仲間内で肩を組み、笑って写真を撮ったものだった。

海軍時代は厳しい訓練も多かったのに、今となって思い出すのは、なぜか懐かしい友人達の笑顔や、冗談に笑い転げていた記憶ばかりだ。

観光客に混じり、そして時にはジャーナリストやアーティストに混じって、アレクセイは壁の写真もいくらか撮った。

今は、アレクセイと祖国とを遠く隔てる壁でもある。

それは物理的にも、そして精神的な意味においてもだった。

だが、孤独かといわれると、そうではなかった。

今は部屋にこもりきり、ほとんど会話を交わすこともないが、サエキの存在がいつもかたわらにあるような気がして、異国にひとりきりでいるという孤独感、寂寥感《せきりょうかん》はなぜか感じなかった。

ただ、サエキという男が、自分に完全には心を許していないという言葉から受けた衝撃は、いつまでもアレクセイの胸の内に重く沈んでいた。

それは思い返すたびに、まるでこのベルリンの街をぐるりと取り囲む壁を見る時のような、言いようのない虚しさを伴った。

Ⅲ

「明日はパーティーの用意を…」

珍しく、その日、部屋から出てきたサエキは、アレクセイの作ったベーコンのスープを口に運びながら、ぼそりと命じた。

「パーティーですか？」

「そうだ、イギリス大使館でのパーティーだ。今、英独合作の映画で大物俳優が何人もドイツに滞在しているから、彼らはもちろん、各国の大使やベルリン在住の学者、アーティストなども招かれて、英独交流のかなりの規模のパーティーになる」

サエキは肩をすくめた。

「ベルリン在住の各国の諜報員も、様々に化けてやってくる」

もちろん、イギリス大使館も十分に承知の上だが…、と付け加えた。

「私も、タキシードか燕尾服《えんびふく》の用意を？」

ポーク・カツレツのバター焼きにナイフを入れながら、アレクセイは尋ねる。買ってきたばかりのドイツ語の料理の本を見ながら作ってみたが、味はまずまず上等だった。

パーティーの規模の大小にかかわらず、ソビエトにはタキシードや燕尾服を着用するような習慣はない。

軍人は軍服を着ていれば十分に正装になったし、友人間や親族の間でのパーティーではもちろん軍服の着用もない。

タキシード着用のパーティーなどは、この西ベルリンに来てから映画やテレビドラマで見知ったものだった。

「別に君はいい。君は報道スタッフに混じって、ミス・カナリスと一緒に入るから、その場から浮かなければ、別に正装していなくてもいい。ジャケットでも着ていれば十分だろう。これが入館証だ」

サエキはイギリスの出版社の名前が入った入館証を、投げて寄越す。

「仕事内容は、ミス・カナリスが説明する。君はあの女に気に入られているから、悪いようにされないだろう」

「特に気に入られた様子もなかったですが…」

ソフィアとのこの間の短いやりとりを思い出し、アレクセイは控えめに言った。

教授と一緒になって容姿はずいぶんと褒めてくれたが、さすがにあれは社交辞令だとわきまえている。

いくらか話したが、気に入られたと思えるほど親しくもされていない。

話の内容も、ほとんどがサエキの悪口だった。

「気に入らなきゃ、ありとあらゆる手を使ってさんざんに相手をいたぶり、いじめる女だ。半端じゃないぞ、あの女の底意地の悪さときたら。いじめられなかったなら、気に入られたんだ」

サエキはわずかに眉を上げ、冷ややかな調子で言った。

互いにこうまで相手のことを知っていながら、反りが合わないのも不思議だ。

逆に相手のことをよく知っているから、合わないとわかるのだろうかと、アレクセイは思った。

「あなたは、サエキ?」

尋ねると、サエキは吐き捨てるように言った。

「『Quiet One（おとなしい奴）』をはめ込む役だ」

何かを指す独特の隠語らしかったが、あまりにサエキが不快そうな顔を見せたので、アレクセイはそれ以上の意味を尋ねることもなく、了解…、とだけ答えた。

サエキはそれ以上は口をきかず、ただ黙々とカツレツとワインとを、交互に口に運んでいた。

その日は、食事を褒める言葉は一言もなかった。

Ⅳ

翌日、アレクセイはサエキとは別に部屋を出て、夕方四時にソフィアと会場近くのホテルのロビーで待ち合わせをした。

カメラやレンズの入ったプロ用のキャリーバッグを提げ、タートルネックのセーターに、サエキの指示通り、レザーのジャケットを合わせてきた。

ノータイだが胸ポケットにはポケットチーフを差し、礼装ならずともそれなりの格好はしたつもりだった。

会場に近いせいか、やはり有名スターを追っての取材陣らしき人影がちらほらと見える。きっちりスーツを着込んでいる者もいるが、アレクセイと同じように、ノータイにジャケットというカジュアルな格好の者がほとんどだった。

そんな中、待ち合わせ場所にやってきたソフィアは、やはり正装ならずともパーティー向きといった格好をしていた。

目許には切れ長のアイラインを入れ、真っ赤なルージュで唇をたっぷりと強調した濃い化粧で、ビビッドピンクの派手な眼鏡をかけている。確かに人目をひくほどの派手な美人なのだが、前に会った時とはあまりに印象が違っていて、正直なところ、アレクセイは声をかけられるまでそれがソフィアなのだとは気づかなかった。

少しオリエンタル風に髪を結い上げ、東洋のものらしき赤い簪《かんざし》二本でその結い上げた金髪を止めているのが、まるでスタンドに並ぶファッション雑誌のモデルのように美しく華やかで見栄えがする。

西ベルリンに来て、アレクセイを驚かせたもののひとつがこのファッション雑誌だ。女性のためのファッションだけを扱った雑誌がひと月に十数冊も発行されることなど、とてもソ連では考えられなかった。

それでも、実際に女性がこうやって美しく着飾っているのを見ると、ファッション雑誌の効果も悪くはないと思ってしまう。

今日のソフィアは、肩から胸にかけて赤の鮮やかなバラの刺繍《ししゅう》の施された漆黒のシルクのチャイナブラウスに、同生地の黒のタイトなパンツを身につけている。そのため、足の長さとスタイルのよさが際だっていた。

いかにも西側の報道機関《プレス》にいそうな、派手で活動的なタイプに見えた。

『ずいぶん似合ってるじゃない、その格好。身長があるから、見栄えがするわ』

ソフィアは行きましょう、とアレクセイの手を引きながら言った。

『プレスに見えますか?』

『十分よ。しかもかなり上等な部類のカメラマンね』

『あなたこそ』

アレクセイは笑った。

『あなたこそ、ずいぶんと綺麗で…、この間とあまりに印象が違うので最初はわからなかったのですが、でも、その格好もよく似合ってると思います』

自分の美貌は熟知しているのか、ソフィアは満足そうに微笑む。

『ありがとう。お世辞だとしても、嬉しいわ』

そして、ソフィアはそれ以上は容姿云々《うんぬん》については語らず、ホテル近くにつけていたワゴンにアレクセイを促し、乗り込んだ。

『今日は私たちは裏方なの。仕事は主に、サエキがやるわ』

『「おとなしい奴」をはめ込むって聞いてますが…』

『そう、ホモのヒヒジジィを引っかける役よ』

ふふん…、とソフィアは笑った。

「ホモのヒヒジジィ…?」

唐突で品のないいいざまに、アレクセイは面食らう。

『そう、大使の友人でNATOの委員のひとりなんだけど、若くて綺麗な男に目がないの』

『若くて綺麗な男…』

ええ、若くて綺麗な男、とソフィアは繰り返した。

『本当なら、これは私たちの仕事じゃなかったのよ。ただ、イギリスで仕掛けたこちらの囮《おとり》に向こうの食指が動かなかったから、とうとう手練《てだ》れのサエキにお鉢が回ってきたの。色々とタイプを変えて三人仕掛けて、三人とも引っかけられなかったらしいわよ。ずいぶん、お好みにうるさい相手らしいわね』

『引っかけるって…』

『私たち、今日はそのジジィから、特に何かの情報を引き出す訳じゃないのよ。そんな、上等な仕事でもないわ。ただ、相手を脅迫するだけの状況証拠が欲しいだけ。つまり、若い男と寝てる現場を押さえた写真やテープが欲しいの。それで相手を脅しにかかるのは、また別の課報員の仕事なのよ』

思わず強く眉をひそめたアレクセイに、ソフィアは肩をすくめて見せた。

『諜報員って、誰かと接触したり、どこかに忍び込んだりするんだと思った？　最初の仕事がこんなつまらない真似でかわいそうだけど、こんな基本的な汚れ仕事も場合によっては回ってくるのよ。頭なんかこれっぽちも使う必要のない…、モスクワじゃ、女優や俳優の卵を使うような…、つまりはそんな素人《しろうと》にもできるような仕事なんだけどね』

サエキの荒れていた理由はこれだったのかと、ようやくアレクセイは合点がいった。

確かに誰かの尻ぬぐいのような仕事、しかもそれがさほど課報員としての資質を問われない男娼《だんしょう》のような汚れ仕事であれば、あのプライドの高そうな上司にとってはひどく神経に障る、苛立つばかりの話だろう。

聞いていても、気分が悪くなってくる。

誰にどんな権利があって、おまえはこの相手と寝てこいなどと命じることができるのだろう。

しかも、その様子の一部始終を写真やテープに収めろというのだ。あまりに馬鹿馬鹿しくて開いた口も塞《ふさ》がらない。

しかし同時に、サエキがそんな任務をうまくこなせるのだろうかとも心配になった。

サエキは確かに目を奪われるほどに美しい男ではあるが、潔癖で、神経質で、アレクセイにとっては自分の知る人間の中では一番濡れ事には淡白で、房事とはほど遠く思える男である。

『盗聴用マイクは、サエキが腕時計に仕込んで持ってるわ。私たちはサエキがその男を引っかけたらあとをつけて、現場の写真を撮るの。同時に受信機で会話の一部始終を盗聴し、録音もするわ』

いいわね…、と早口で念押しすると、ソフィアはあまり時間がないからと車を発進させた。

「いるわ、いるわ。今日もいろんなところに、諜報員《お仲間》が潜り込んでるじゃないの」

入館証で大使館にもぐりこんだソフィアは、片手で眼鏡を押し上げながら笑った。

アレクセイにはまだ誰が諜報員かよくわからないし、ソフィアが他国の諜報員の顔を見知っているというのも理解できない。

モスクワでの訓練はほぼマンツーマンで行われ、諜報員同士の顔が極力割れないようにと配慮されていたものだ。

そして、それ以前に、アレクセイはこの華やかな場に驚いてもいた。

ソビエトにいた頃は、友人同士のパーティーや結婚式などに呼ばれることはあったが、身内ばかりのごくささやかな、気安いものだった。

海軍時代に行われていた式典とも違う。

正式な招待客が皆、きっちりと正装をしている、こうまで華々しい社交的なパーティーでは、何もかもが珍しい。

第一、英国大使館などというものが、もともとのアレクセイの生活から考えればとんでもなく縁のない場所だった。

いたるところに飾られた花々の陰で、ＶＩＰの警護にあたる強面《こわもて》の警備員が耳に取り付けたイヤホンと胸許のマイクとで、始終、何か連絡を取り合っている。

正式な招待客である男達はそろって黒と白とのフォーマルウェアに身を包み、露出の多いシルクやスパンコールなどの美しい素材のイブニングドレスをまとった女達をエスコートする、まさに社交界と呼ぶべき世界がそこには広がっていた。

集まった人々は今にも壊れそうな華奢で繊細な造りのグラスでワインやシャンパンを飲み、色とりどりの豪華な食材が溢れんばかりに皿の上に盛られているのを、少しずつ口に運んでいる。

会場には楽団の生演奏が流れ、大理石でできた階段には靴が沈み込むほどに厚い赤い絨《じゅう》毯《たん》が敷かれている。誰かが出入りするごとにいたるところで盛んにカメラのフラッシュがたかれる、まさに夢のような世界でもある。

このような場はモスクワにもあるのだろうが、それは党幹部に限られた話だ。今、アレクセイが目《ま》の当たりにしているよりも、さらに手の届かない世界の話でもある。

さすがにテーブルの上の料理に手を出すわけにはいかないが、驚くほどに浮世離れした世界だと思いながら、アレクセイはソフィアに尋ねた。

『エージェント同士、顔が割れているものなんですか？』

正直なところ、こんなに人々が着飾った華やかな場所で、誰がどのように化けているといわれても、見極められない。目が慣れないせいか、まだ主賓《しゅひん》側とゲスト側の区別もつかないぐらいだった。

落ち着かないアレクセイに比べると、ソフィアはこのような場に慣れているのか、態度も堂に入ったものだ。

　端から見ていれば、もの慣れた芸能記者と、まだパーティー慣れしていない駆け出しのカメラマンにでも見えるのか。

『全員っていうわけじゃないけど、比較的フリーで動いている諜報員は、ある程度わかるの。潜り込んでくるのは、私たち共産圏の人間だけじゃないのよ。英独間が必要以上に親密にならないように、勝手に貿易協定なんかで連携しないように、アメリカもフランスも神経を尖《とが》らせて、情報収集に躍起になるの。でも、こういったパーティーやレセプションなんかは一時的なものだから、各国とも変装の得意な諜報員が優先的に回されてくるのよ。あなたも慣れれば、顔はわからなくても、雰囲気でそれとわかるようになる。でも、偽造した証明書はほぼ完璧だし、潜り込んでくるのは皆、しっぽを出すことなんかほとんどないから、暗殺をねらったり、よほど目立つ真似でもしない限り、だいたいは黙認されるわ』

　他のプレスにならって目立たぬように会場の端に寄りながら、ソフィアはアレックスの肩越しにぬかりなくあたりに目を配っている。

　もっとも、他の記者達も誰か大物ＶＩＰがいないかと盛んに周囲を見回しているので、これは記者としてはそう目立って奇妙な動きとも思えなかった。

『私の正体もばれて…？』

『さぁ…、まだ素人とほとんど変わらないから、逆にわからないんじゃないかしらね。とりあえずは下手なマークをされないように、映画俳優でも撮っておいてよ』

『イギリスの俳優はよくわかりませんが』

『映画スターなんかの有名人は発してるオーラも違うし、入ってくれば一気にカメラマンが取り巻くから、すぐにわかるわ。逆にカメラマンの格好で映画スターに知らん顔してたら、悪目立ちするから気をつけて』

ソフィアは言いながら、ピンクの眼鏡越しにパーティー参加者の顔ぶれを見ていたが、やがてアレクセイの肩をたたいて促した。

『サエキよ』

ソフィアの示した先に、サエキの立っているのが見えた。

どのような肩書きで入ってきたかは知らないが、タキシードを身につけ、同じように正装をした教授に伴われている。

もともと綺麗な顔立ちの男だが、すらりとした体躯《たいく》にタキシードを身につけると、非常に見栄えがした。

だが、今日は眼鏡ではなく、ブルーのコンタクトをはめているためなのか、いつもとはずいぶん印象が違って見える。

髪を品よく後ろになでつけ、教授の後ろではにかんだように笑っているのは確かにサエキなのだが、目の色ばかりでなく、表情から雰囲気から仕種から何もかもが違っていて、ソフィア同様、まったくの別人のようだった。

『あいかわらず、うまく化けたもんね。猫を被るのはサエキの十八番《おはこ》だもの。可愛い子ぶるのは、お手のものってとこかしら』

ソフィアの言葉が毒を含む。

しかし確かに、あの神経質な表情の裏のどこにこんなにナイーブで可愛らしい顔を隠していたのかと疑うほどに、恥ずかしそうに目を伏せた表情は繊細だった。

そのはにかんだような初々しい笑みのせいか、髪型のせいか、有名人見たさに教授に連れられてやってきた、どこかの御曹司のようにも見える。

不思議なもので、同じブロンドでも目が青いと、サエキのあの東西入り交じったどこかエキゾチックな印象は影をひそめ、まったくのアングロサクソンに見えた。

なるほどスラブ系ではないとは思っていたが、サエキの顔立ちには西洋系の中でもアングロサクソンの特徴が色濃く出ているのだと、その時、初めてアレクセイは納得した。

しかし、逆に目の色が青く変わるだけで、絶妙のバランスでサエキの面立ちの中に溶け込んだオリエンタルな余情がものの見事に消え去るものなのかという驚きもある。

それとも、何かサエキが意識して振る舞うことで、その気配を完全に消し去ってしまっているのかはわからないが、見れば見るほどたいしたものだと、ソフィアではないがその変容ぶりに感心する。

教授の方は杖《つえ》をつきながら、丁重に自分たちを迎える男に親しげな挨拶をし、後ろのサエキを紹介している。

教え子か何かだとでも、言っているのか。

首をひねるアレクセイの横で、あら…、とソフィアが小さく声を上げた。

『私も知った顔がいるわ。ここにいて、すぐに戻るわ』

ソフィアがささやき、すっと逃げるようにカメラを抱えたアレクセイの側《そば》を離れた。

「あれは『東方美人《オリエンタル・ビューティー》』か？」

ソフィアが側を離れたとたん、私服で潜り込んでいるらしきスーツ姿の警備担当者が、かたわらの男に早口で尋ねる。

思わずアレクセイは息を詰め、カメラにフィルムを入れ直す振りで耳をそばだてた。

「髪の色が違うようですが…」

二人は大使館付きの警備員ではなく、ＭＩ６か何かの担当官らしい。潜り込んでくる各国のエージェントをチェックする目的でいるのだろうか。

「至急、確認をとれ」

そこまでを聞き、アレクセイはさりげない振りでその場を離れる。

ちょうどその時、入り口近くでわっと歓声が上がって人だかりがした。

まさに有名人の登場らしい。

「セオドアだ。セオドア・フレイ！」

口々にその青年の名前が呼ばれる中、大使夫人が歩み寄り、入ってきたばかりの青年とにこやかに握手を交わしている。

タキシードを身につけた少し甘めのマスクを持つ二十代半ばの青年で、確かにちょっと人とは違った雰囲気がある。

誰だかはよくわからないが、有名人に知らん顔をしているカメラマンは挙動不審だというソフィアの意見に従い、アレクセイは青年を取り巻き、盛んにフラッシュをたくカメラマンに混じって、立て続けにシャッターを切った。

「おっ、失礼」

肩先に誰かのストロボがあたって顔を上げると、四角いフレームの眼鏡をかけたプレスのひとりが英語で謝ってくる。

まだ若いようだが、頭頂部はかなり薄い。

アレクセイとほとんど身長が変わらぬ、かなりの長身だ。

こんなに頭部は薄いというのに、無造作にジャケットを羽織ったプレスらしいこなれたファッションのせいか、比較的おしゃれな、業界の人間らしく見える。

「…いえ、こちらこそ」

軽く応じて行こうとすると、男はなおも声をかけてきた。

「君は『フェイス』の？」

『フェイス』がどんな雑誌かは知らないが、アレクセイの顔写真と、Ａ・キャンベルと名前の入った入館証を見てのことらしい。

「ええ、まぁ…」

「どうも、『ハロー』誌のクルーニーだ」

この男が知っているところを見ると、それなりに名の通った雑誌なのかと思いながら、アレクセイが曖昧に頷くと、男はにこやかに右手を差しだしてくる。

「キャンベルです、よろしく」

実のところ、『フェイス』も『ハロー』も知らないのだがと思いながら、アレクセイは男の差しだしてきた右手を握り返した。

不意をつかれたにしてはそれなりのあいさつを返せたとは思うのだが、それでも正直、こんなところではあまり顔も名前も覚えられたくない。

「まぁ、ナタリー・ウェーナーよ！」

再び、誰か有名人でも入ってきたのか、客達の間で口々にささやきが洩れ、盛んにフラッシュが光るのに、これ幸いとアレクセイは男の手を放した。

「失礼、また」

「ああ、また…」

男も新しく入ってきた女優に気を取られてか、軽く手を上げて応じるにとどめた。

偽名だと知られたわけでもなし、サエキの言うように、これからカメラマンのアレックス・キャンベルとしての伝説を作り上げてゆくには、もっとしたたかに挨拶を返せるようにならなければならないのか。

アレクセイは頭をひと振りし、男にエスコートされた女優をファインダー越しに追った。


『「ハロー」？』

不意のこととはいえ、プレスのひとりに挨拶されたことを打ち明けると、ソフィアは雑誌名を聞いて、ああ…、とやや小馬鹿にしたように肩をすくめた。

『「ハロー」っていえば、イギリス屈指のゴシップ誌よ。王室スキャンダルとか、芸能人の結婚、離婚、愛人、出産、隠し子、整形ネタなんかをあまねく網羅している大衆の友。まぁ、「フェイス」も、似たり寄ったりの内容なんだけどね。でも、頭部が薄くて長身のクルーニーね…、一応、身元を調べておくわ』

あまり気のない声だったが、それでも男の身元確認を請け合い、ソフィアは暗がりでワゴン車を道路の脇に寄せた。

酔った様子を見せるサエキが、太った中年の男と共に車から降り立ち、老舗《しにせ》の高級ホテルへと入ってゆくのが、バックミラー越しに見える。

細い身体が、時折柔らかくよじれるように揺れる。少し足許が危ういのを、男が嬉しげに支えている。

実際、頼りなく揺れる身体は、同じ男のアレクセイの目から見てもどことなく危なっかしくて、思わず手をさしのべずにはいられないような雰囲気があった。

ソフィアに促され、パーティーを抜け出したアレクセイは、運転手つきの中年男の車を大使館からホテルまで尾行してきていた。

このホテルはサエキをつれたNATO役員の滞在ホテルで、おおむね予定通りだとソフィアは言った。たまに用心深いのが、滞在ホテルとは別のホテルに連れ込んでくれたりして、こっちが慌てることもあるんだけどね、とソフィアはつけ足す。

しかし、サエキのあの酔いは本物なのか、それとも芝居なのか…、アレクセイは微妙な気持ちでその姿を見送る。

少なくとも、アレクセイはこれまでサエキの酔った姿を見たことがない。

普段のサエキは、身体つきこそほっそりして見えるが、内側からどこかピンと張りつめたものがあり、けして柔らかく揺らぐような動きや隙を見せるタイプではなかった。

だが、酔わずしてこんな仕事ができるのだろうかと、アレクセイは胸の奥が重く痛むのを感じた。

本当に、やりきれない…。

『何号室かは、すぐにサエキが隙を見て連絡してくるわ。おそらく、あのNATOの役員が滞在してる508号室だとは思うけど、部屋番号がわかり次第、最寄りのビルに移ってちょうだい。サエキはカーテンを開けたままにしておくから…』

言いかけて、ソフィアはアレクセイを振り返った。

『こんな仕事、やっぱり気に入らない？』

アレクセイの浮かぬ顔を、ゲイへの嫌悪感、あるいは汚れ仕事そのものへの侮蔑だと受け取ったのか、ソフィアは苦笑する。

『いえ…』

『ゲイの相手だけじゃないわ。サエキは、「カラス」になるのも得意だし、場合によっては私が「ツバメ」をやったこともあるのよ』

『…「ツバメ」？』

聞き慣れぬ隠語に、アレクセイは眉をひそめた。薄々内容の察せられる様々な隠語が、なぜか今はむしょうにアレクセイの神経に障った。

自ら希望したものではないとはいえ、どうして祖国のためと思っていた仕事が、こうまで人としての品位や尊厳を踏みにじるようなものなのかという、うまくは言葉にできない苛立ちがその奥にはあった。

自分がこれまで抱《いだ》いていた祖国への愛情、思慕、忠誠心にすら、無神経な連中に薄汚く色づけされてゆくような気がしてならない。

『「ツバメ」は脅迫や情報収集のために男をたらし込む女。「カラス」はその逆で、女をたらし込む色男役よ。サエキは女相手に動くことも多いのよ。女相手でも、きわめて優秀な仕事ぶりなの』

それでも複雑なアレクセイの気持ちを察してか、ソフィアは言葉を続けた。

『嫌な仕事よ。好きな相手と寝るわけじゃないんだもの。仕事じゃなきゃ、誰がこんな男と寝るものですかって思う相手の方がほとんど。でも…、それがどんな内容であれ、これらすべてが私たちがここに存在するための仕事なの』

それがはたして何を意味するのか、ソフィアははっきりと一言一言区切りながら言った。

『私も、サエキも、最初はこんな汚れ仕事をこなすことから這《は》い上がってきたのよ』

サエキやこの女にそうまでさせるもの、言わせるものは何なのか、アレクセイは一瞬、自分がどういう立場に立たされているのか、わからなくなった。

諜報員としての任務は理解できるし、ベッドの中では人間の一番弱い部分が露わになるということもわかる。ハニートラップの意味も知っている。

しかし、少なくともこれまでのアレクセイの人生の中では、セックスは相手に対する愛情の中でも最も神聖な行為のひとつだった。

愛した人間を身も心も含めてすべて手探りで確かめあいながら、より一層、愛情を深めるための行為のひとつだ。

もちろん、絶対に何かの代償行為にはなりえない。

愛してもいない人間との間で、金や物と引き替えに行うものでもない。

むろん、誰かに命じられて行うものでは、絶対にない。

金のために性を売り物にする人間がいて、実際に金を出してそれを買う人間がいるのも確かだが、アレクセイはそういった価値観でセックスを考えることは好まなかった。むしろ、軽蔑さえしていた。

眉を寄せたままのアレクセイに、ソフィアは諭すように言葉を続ける。

『私やサエキだけじゃない。場合によってはあなたにだって、「カラス」の役が回ってくることもあるわ。サエキはあのソフトな声と、繊細な容貌で女を引っかけるのは得意だけれども、あなたみたいに長身でセクシー、それでいて誠実な男を好む女はもっと多いわ。あなたみたいな男を嫌いだっていう女を、探す方が難しいわね。また逆に、ワイルドで男らしい相手を好むゲイがいれば、あなたが起用されることもあるかもしれないのよ。アリョーシャ』

片眉を跳ね上げたアレクセイに、聞いていなかったの？…、とソフィアは同情するような目を見せた。

『あなたほどの容姿なら、自分の性的魅力をよく知っておくことよ。わざわざ相手と寝る必要がないことも多いわ。まっとうな男なら、美人が来れば相手が黙っていても親切にしたがる。女ならば、いい男が来れば相手に微笑みかけてほしくなる。それは自然の摂理なの。恵まれた容姿は、いわばあなたの手にした強力なカードの一枚。自分のありとあらゆる魅力、手持ちのカードを使って、目の前の人間を操る方法を覚えるのよ』

ソフィアは低い声で、まるで呪文《じゅもん》のように根気よく諭し続ける。

『目標とベッドを共にするのは、ずっと昔…、それこそ神話時代からの古典的な方法だわ。でもそれが今も続いているのは、相手から何かを引き出すのに、もっとも成功率が高くて、もっとも本当の自分を見せずにすむ方法だというのも関係するの。男と女なら、気に入りさえすれば、たとえ初対面の相手でも、ゆきずりの関係でも寝ることはあるでしょう？　そして、次の朝には簡単にさよならできる』

眉を寄せて黙り込んでいるアレクセイの肩を、ソフィアはひとつポンと叩いた。

『もっとも、これは向き不向きがあるし、特に男は肝心の時に役に立たないと、不要なトラブルの元になることもあるんだけどね』

ソフィアはつけ加える。

ならば、ここ一週間ほど、精神的にずいぶん苛立っていたサエキは向いているのかと、アレクセイは問いただしたくなる。

部屋に引きこもり、部屋の外にいてもわかるほどに神経を尖らせ、ろくに食事をとらないことすらあった。

しかし、ソフィアを問いつめたところで、答えが得られるわけではないことはわかっていた。

ソフィアだって、好きでやるわけではないとはっきりと口にしている。

そして、それが好む、好まざるとにかかわらず、自分に与えられた仕事なのだと。

それをきっぱり口にできる強さに、敬意を表する。弱い人間なら、ここですでに負けているだろう。

ソフィアもサエキも、そしてアレクセイも、モスクワの操るカードの一枚に過ぎなかった。

アレクセイはこれ以上この話を続けたくなくて、しばらく窓の外を睨んで黙り込んだあと、ソフィアに尋ねた。

話題を変えないと、とてもやっていられなかった。

『…「東方美人《オリエンタル・ビューティー》」というのは、あなたのことですか？　さっき、大使館で西側の警備担当者らしき男達が、言ってた。髪の色が違う…、とも言ってましたが…』

『オリエンタル・ビューティー』だけ、さっき男達の間で交わされていたようにイギリス英語で言うと、ソフィアは肩をすくめ、まさか…と笑って見せた。

『「オリエンタル・ビューティー」は、サエキよ。一時、サエキはイギリス系中国人を装って香港にいたことがあるから、その時に西側からつけられたあだ名よ。中国人を装うために、髪も黒く染めてたっていう話だから、西側から見れば東洋的《オリエンタル》にも見えたんじゃないの？　もっとも、サエキは半分は日本人だから、あながちその名前も間違ってはいないんだけどね』

東洋系の血が入っているとは思っていたが、それが日本人の血だとは思っていなかったアレクセイは驚いた。

しかもハーフであれば、かなり色濃く日本人の血を持つことになる。

そして、さらにその男が遠いアジアの果て、アレクセイにとってはほとんど無縁ともいえる亜熱帯の街、香港にいたとは驚きだった。

極東方面は海軍時代、ソビエト太平洋艦隊の基地のあるウラジオストックまでは行ったことはある。

灰色の軍港都市ウラジオストックは、ロシア語の「東方を征服せよ」に由来する名前だ。ロシア人にとってはそこまでが東方、そこから先はまったく未知の国…、灰色であるのか、黄色であるのかすらわからぬ、ミステリアスな国だった。

アレクセイはサエキという男について、まだほとんど何も知らされていないのだということを、あらためて意識させられる。

『香港はベルリンと一緒でスパイ天国だけど、街が狭いからすぐに面が割れるの。特にサエキみたいに、容姿が派手で目立つのはね。だから、諜報員がいても、二、三年がいいところじゃないかしら？　そうじゃなければ、逆に完全に中国人社会の中に溶け込んで、何十年も地道に活動を続けるタイプじゃないと。サエキは短かったわ。一年と少しぐらいしか、香港にはいなかったんじゃないかしら…』

ソフィアはそこまで言って、口をつぐんだ。

『聞きたければ、それ以上は本人に聞きなさいよ。私は少し喋《しゃべ》りすぎたわ。聞かれてもいないことを話したくなるのは、あなたの素敵な長所ね、アリョーシャ。エージェントとして、これ以上、魅力的なことはないわ』

ソフィアはそう言って、困ったように微笑んだ。

でも…、とソフィアは口許から笑みを消し、一転して真面目な表情となって言った。

『でも、必要以上にサエキに気を許しちゃだめよ。あなたが自分を大事だと思うなら…、サエキには深入りしないことね。忘れないで』

それはどういう意味なのだと尋ねようとしたところで、ワゴンの後ろに積み込んだ受信機が、ジッ、ジッ…と、小さく音を立てた。

――《伯爵》だ、部屋番号は508。繰り返す、部屋番号は508。

いつものテノールの甘さの片鱗《へんりん》もない、濁った無機質なサエキの声がスピーカーから洩れる。

ソフィアはすかさず、手許のファイルからホテルの508号室の部屋を探し出す。

それは手書きのファイルで、誰がこんなものを地道に書き調べたのか、主要なホテルの館内図が記されていた。

『やっぱり、508号室ね。508なら、あらかじめ盗聴器も仕込んであるし、盗聴テープへの録音も楽よ。部屋は向こう側の通りに面してるわ。非常階段を使って向かいのアパートの屋上に出れば、かなりの至近距離から写真が撮れる』

ソフィアはさらに続けて地図を広げ、ホテルの向かい側にあたるアパートを指さした。

『了解』

アレクセイは短く答え、赤外線カメラと望遠レンズとを抱えてワゴンを降りようとする。

その背中に、ソフィアが低く声をかけた。

『アリョーシャ、写真は極力、サエキの顔が入らないように撮って。もちろん、写ってしまったものはあとで外すけれども…。脅迫相手が誰であれ、私たちにとって面が割れてしまうのは命取りなのよ』

どこまでもクールな女の声に、アレクセイは頷き、車を降りた。


アレクセイはソフィアの指示通り、非常階段からアパートの屋上へと移り、アンテナと給水タンクの間に身を潜め、向かいのホテルを見下ろしていた。

サエキのいる部屋はホテルの最上階にあたる。

通りといってもメインストリートとは異なり、二車線の道路を挟むだけなので、さほどの距離はない。

三脚にカメラを固定していると、ソフィアの持っていた館内図通りの部屋で窓のレースカーテンが開き、サエキがわずかに顔を覗かせた。

そうと指示されたわけではなかったが、アレクセイは半身を伏せたまま、手にしていたペンライトを手許で小さく二回ほど点滅させた。

それでアレクセイの存在がわかったらしく、サエキが小さく頷くのが見えた。

ファインダーを覗き、カーテンの隙間にピントを合わせると、上からの角度のせいか、部屋の半ばまでのほとんどが収まった。

望遠レンズを使うと、まるで手の届くような位置にベッドがあり、アレクセイは妙に落ち着かないような気分になった。

その上にタキシードジャケットを脱ぎ、タイを取って襟許をゆるめたサエキが、天井をまっすぐに仰ぎ、横たわっている。

こんな息づかいまで感じられるほど近い距離にサエキを見ると、ますます客観的な気持ちではいられなくなってしまう。

アレクセイは、本気でこの場から逃げ出してしまいたくなった。仕事で指示を与えられ、こんな気持ちにさせられたのは初めてだった。

しかし、幸か不幸か、サエキは最初に頷いてみせたきりで、その後は一度もアレクセイの方を見ようとはしなかった。

仰のいた人形のような横顔には表情も生気もなく、ただ白い。

これほどまでに長く、アレクセイがサエキを見つめたのは初めてだった。

ここにいるのに…、とアレクセイは胸の内で呟く。

こんなにすぐ側にいるのに、その酷《ひど》い場所から救い出してやれない。

胸の奥が鈍く締め上げられ、どんどん気が滅入ってくる。

今のサエキの気持ちなど、考えられない。考えたくもない。

ただ、二度とこんな役回りをさせられたくないと思った。

ほどなく男が、シャワーでも浴びてきたのか、バスローブをまとって現れた。

男がすぐかたわらに座ると、横たわっていたサエキは初めて片手を上げ、意図的にか、その顔を隠すようにした。

無声映画のように男がかがみ込み、何事かささやくのに、サエキの口許が答えている。

男の手が伸び、サエキの開いたシャツの首筋から胸許を撫で始める。

欲情に歪んだ男の醜悪な顔が、ファインダーの中に大きく映る。

盗聴など任されずによかった。声など、聞かずにすんでよかった。

聞いていれば、もう二度とサエキの顔を見られなかっただろう。

しかし、無声映画にしては、あまりに趣味が悪すぎる。反吐《へど》が出そうだった。

アレクセイは奥歯を強くかみしめると、機械的にシャッターを切り始めた。

生まれてこの方、こんなにどうしようもない、最悪な気分を味わったことはなかった。

V

土曜の夜を終えての数日間、サエキがふさぎ込んでいる。

ルポの締め切りは終えたようで、もう部屋にこもりきりではなかったが、それでも書斎の長椅子の上に寝そべったきり、ほとんど動こうとしない。

半ばまで開いたドアからは、ずっとかけっぱなしの音楽が聞こえてくる。

気怠いジャズボーカルだったり、宗教音楽だったりが延々回っているのが、アレクセイを何ともいたたまれない気分にさせる。

むろん、アレクセイもサエキにかける慰めの言葉もないのだが、それ以上にこの音楽はアレクセイが何か話しかけること自体を拒んでいるようでもある。

フィルムはすでに現像し、ソフィアの指示通りにダビッドに送ってある。

しかし、当のサエキとのぎこちない関係だけがうまく修復できないまま、無為に日々が過ぎていた。

アレクセイがほとんど手のつけられていないトレイを下げにゆくと、さっきと変わらぬ姿で長椅子の上に寝そべったサエキが、ようやく身じろぎした。

「…ヴェルモットのハーフ&ハーフを？」

少しかすれた声が尋ねた。

今となっては、いつもの柔らかみのある甘いテノールは、サエキが意識して魅惑的に響くように作っていたのかもしれないと思える。

低音でものを言う時のこの男の声は、かなりハスキーだった。

「ヴェルモットの…ハーフ&ハーフ…、ですか？」

いえ…、と答えると、サエキはわずかに頭を起こした。

「棚にあるスウィート・ヴェルモットとドライ・ヴェルモットを半量ずつ氷の上に注いで…、レモンを半個、たっぷり絞り入れる」

「何も食べずにアルコールを取るのは、よくありません」

控えめなアレクセイの言葉に、サエキは唇の端だけで、あのごく皮肉っぽい笑いを作った。

「おまえもロシア人なら、酒を飲むなというような野暮は言うな」

「ですが、同時に悪い酒にならぬよう、節度ある飲み方、自分の許容量をわきまえておくのも、ロシア人たるものの努め。飲む前には必ず前菜を食べておくのが、酔いつぶれず、最後まで美味しく酒を飲むための秘訣《ひけつ》でしょう」

言い方が咎めるような口調にならぬよう、軽口混じりに諭すアレクセイにも、サエキは猫のように目を細めて応えた。

「ヴェルモットは食前酒だ。飲んで悪いことがあるものか」

アレクセイはため息をつき、サエキの言葉通り、棚の上の二つのチンザノを合わせ、即席のカクテルを作る。

そして、同時に冷めた野菜のスープを温めなおした。

二つをトレイの上にのせ、アレクセイがサエキのかたわらに運んでゆくと、サエキは湯気を立てるスープ皿をちらりと見たものの、ただ黙ってグラスの方だけを取る。

アレクセイはため息をつき、スープ皿とスプーンとを長椅子の横のテーブルに置いた。

部屋を出ようとしたアレクセイに、サエキは声をかけてきた。

「ベルリンの壁の向こうには、何があると思って、やって来た？」

危険な問いだと思った。

KGB職員の思想としても、またアレクセイを試すにしても、どちらにしても危険な問いだと思ったが、アレクセイは静かに答えた。

「あなたが待つと…、ただ『伯爵』という男が待っていると聞いて、やってきました」

しばらくの沈黙のあと、サエキはさらに尋ねた。

「…ベルリンに来て、失望したんじゃないのか？」

アレクセイは振り返る。

失望したものはいくらでもある。

守るべきだと思っていた祖国の無情な仕打ち、情報員としての仕事内容、西側に来て初めて客観的に見ることができた共産圏の閉鎖性。

そして、いつ帰れるのか、そしていつ愛する家族とも会うことができるのか、何のめども立たない日々。

「…でも、あなたという人に会えました」

アレクセイは、今、この街で唯一自分を支える存在ともいえる男に、そっとそれを告げた。

サエキは気を許さないと言ったが、それでもアレクセイの気持ちを唯一、この街につなぎ止めているのがサエキの存在だった。

失望に沈み込みそうなアレクセイを、今、この打ちひしがれた男のかたわらにいることが救っているのが、不思議でもある。

サエキは額にグラスをあてがったまま目を閉ざし、首をかすかに横に振ってみせただけだった。

アレクセイはしばらく、黙ってその横顔を見ていた。

やがて、サエキはアーシャ…、とアレクセイを呼んだ。

「アーシャ、ここに来てくれ…」

アレクセイが長椅子の横に行くとサエキは少し場所を詰め、自分の枕元に腰を下ろすように促した。

アレクセイが腰を下ろすと、サエキは姿勢を変え、驚いたことに膝に頭を乗せてきた。

「…スープは、もう少ししたら飲む…」

サエキが見せる初めての親しみのこもった仕種に驚いたものの、アレクセイはサエキの言葉に頷き、サエキが楽なように形のいい頭を膝の上に乗せなおしてやった。

男の頭の重みは、しっくりとアレクセイの膝の上に収まった。

アレクセイは人の頭の重みや体温が、こんなに愛《いと》おしく、こんなにも当然のように自分の身体に馴染むものだと思ったことはなかった。

「軽蔑したか、私を…」

サエキはホテルでアレクセイのカメラのレンズから顔を隠したように片腕を上げ、手の甲で目の上をおおった。

『Ｈｅｔ《ニェット》！（いいえ！）』

アレクセイも思わぬほど強い調子で、ロシア語の否定の言葉が口をついて出た。

サエキも驚いたように目を見開き、顔を隠していた手をわずかにずらして無防備にアレクセイを見上げていた。

初めて見る、サエキのまともに感情の覗いた表情だった。

いいえ…、とアレクセイはあらためて英語で言い直す。

「…いいえ、軽蔑などしません」

その目を見開いたサエキの顔が、熱くゆっくりと滲《にじ》む。

「アーシャ…」

サエキは息を呑み、黙ってアレクセイの顔を見上げている。

アレクセイは額に手を当てて固く目を閉ざし、感情的な気持ちを切り替えるために深く息を吸い込み、頭をひと振りした。

衝動的にこみ上げた涙は深く息を吐くことでおさまり、アレクセイはまだ驚いた顔を見せるサエキを安心させるために、ゆっくりと笑みを作った。

ああ、悔しかったのだ、自分は…、とサエキの顔が涙で滲んで見えて初めて、アレクセイは気づいた。

本部からの命令というだけでこの男が中年男の慰み者になったこと、そして、ただ無為にそれをフィルムに収めることしかできなかった自分が、誰にも、何に対しても抗議の声を上げることのできなかった、力のない自分が悔しかったのだと思った。

今となっては、声を上げ、抗議することすら虚しいが…。

「私は…こんなふうに、あなたがひとつの商品のように扱われることが悔しいだけです」

アレクセイは意識して気を静めようと、低く呟く。

「おまえはやさしい…」

サエキは薄く笑った。

「おまえ自身はとにかく、私の身体についてはそこまで大事に考えることもない。いちいち、そんなことを考えていたら、これから先、身が持たない」

何もこれがはじめてなわけでもなし…、とサエキは自棄《じき》めいた乾いた笑いに口許を歪める。

そんなサエキの言いようが何ともやるせなくて、アレクセイは子供にでも言い聞かせるように丁寧に、熱を込め、諭した。

「何の価値もない人間など、この世にはいません」

もし、私が軽蔑するとすれば…、とアレクセイは続けた。

「もし、私が軽蔑するとすれば、人の価値をそのように軽んじるその考え方自体です」

サエキは不思議そうにアレクセイの顔を見上げたあと、やがて、なるほど…、と小さく呟いた。

そして、さらにもう一度、自分に言い聞かせるように、なるほど…と小さく呟き、やがて微笑んだ。

「私はこれまで…」

サエキはわずかに視線を横へと流す。

「私はこれまで、本部の連中を憎んだことこそあれ、感謝などしたこともなかったが…」

サエキはそう言って手を伸ばし、アレクセイの指先にそっと触れた。

サエキの言葉が危険を孕《はら》むのにも、アレクセイは抗《あらが》えずにいた。

「今…、こうしておまえを選び、私のところへと寄越してくれたことには、感謝している。モスクワにしてはずいぶん気の利いた、趣味のいいプレゼントだ」

アレクセイは自分の手に縋《すが》るように触れたサエキの指先を、しっかりと握り込みなおす。

ほっそりとした爪《つめ》の形のいい長い指は、ダーチャでの農園作業すら知らぬような指だ。土を触ることなど向かない、都会での生活に向いた指。

アレクセイの知らぬ国で、知らぬ日々を送っていた指。

だが、なんと愛おしいものなのだろうと、アレクセイは手の内にあるほっそりとした指先の温《ぬく》もりを壊れ物のようにそっと握りしめていた。

——サエキに気を許し過ぎちゃだめよ…。

ソフィアの声が頭の中をかすめたが、アレクセイはこの男に溺《おぼ》れるように傾倒してゆく自分を感じずにはいられなかった。

アレクセイの膝に頭を預け、サエキはぼんやりと宙を見ている。

伸びのある透明なソプラノが、高くアリアを歌い続けている。

平素は淡いブラウンであるこの男の目は、光が当たると淡いグリーンに見えるのだと、アレクセイは知った。

まるで、いくつもの色彩を閉じこめた繊細な宝石のような目だと、アレクセイはその瞳に見入っていた。

そして、モスクワにどんな意図があるにかかわらず、さらにはソフィアの警告にもかかわらず、自分はこの男を裏切ることはできないだろうということを悟った。


一週間後、アレクセイはダビッドに宛《あ》てて、第一の報告書を投函《とうかん》した。

――『伯爵』は優秀なる諜報員にて、党への篤《あつ》き忠誠心に疑うべき点はなし――

三章

I

「あれから、東ベルリンには行ってみたか？」

朝食の後かたづけをするアレクセイに、ソファで新聞を眺めていたサエキが声をかけてきた。

「いいえ。壁までは何度か行ってみましたが…」

「東ベルリンには、興味がないのか？　ブランデンブルク門や、それに続くウンター・デン・リンデン、博物館、大聖堂、国立オペラ劇場、フンボルト大学、市庁舎…、ベルリンの名だたる歴史的な建造物は、大部分が東側にある」

「いいえ、興味がないわけではないです。この西ベルリンにやってくる時には通過しただけだったので、ブランデンブルク門なども、一度壁越しではなしに、ゆっくり見てみたいとは思ってましたが、なかなか…。イギリスのパスポートで向こうに入るのも、抵抗がありますし…」

アレクセイは洗い上げた皿を水切りに並べながら答える。

「今のおまえの立場で、しかも観光目当てといった理由で東側に入ることが許されるのか…、それも気になる?」

サエキは新聞を膝に、アレクセイを振り返る。

はしばみ色の瞳が、まっすぐにアレクセイを見ていた。

あいかわらず、うがったところを突いてくる。

これが長年の訓練のたまものなのかもしれないが、この男はいつも、アレクセイの心の裏を正確に読んでくる。

あまり普段は口にはしないが、サエキは平素からアレクセイの思いや考えも、すべて見通しているのかもしれない。

ならば、アレクセイがサエキの監視役としてここに送り込まれたことも、承知しているのだろうかと、アレクセイは思った。

「ええ、もちろん、それもあります」

そして、すでにアレクセイがサエキの魅力には抗えないということも…。

「東ベルリンに入ることは、特に規制されてはいない。東ベルリンだけに限らず、その所在と移動の目的さえあらかじめ告げておけば、別に一、二週間ぐらい、どこへ行こうと、何も咎められることはない。ただ、あくまでも徹底してイギリス国籍の人間として振る舞うこと」

「イギリスの…」

「そうだ。もし、何かトラブルが起こったとしても、KGBの情報員としての立場を明かして、大使館や他国の警察、軍部、情報部などに援助を求めないこと…、これは、たとえ東側の関係国であったとしてもだ。同じ共産圏とはいえ、情報部には情報部同士の利害関係がある。それと同様に、同じKGBの情報員同士であっても、所属部署が違えば他人も同然だと思っておいた方がいい。連中は、何よりも自分たちに課せられた任務を遂行することを優先する。他部署の情報員の不始末を手助けすることなど、二の次だ。それがさらに、警察、軍部、政府筋などとなると、よけいに話はややこしくなる。万が一にも、自分が本部にとって不利益な存在にならないよう、下手な取引材料などにはされないように、細心の注意を払わなければならない。不利益となると本部に判断されれば、逆に本部によって抹殺されてしまうこともあり得る。それは肝に銘じておけ。おまえがこの西ベルリンに入ってくる時は、あくまでも一過性のパスポートということで東ドイツ側に通知が行っていたが、通常、本部はあんな特別なはからいはしない」

「まさか、あの時に？　東ドイツの係官は、私のことを知って…？」

確かに、自分が初めての任務に緊張しながら国境検問所にパスポートを提示した時、係官は比較的スムーズに通してくれたとは思ったが、あれはすでに東ドイツ側は承知のことだったからなのかとアレクセイは驚く。

そう言われてみれば、どの交通機関を使って、どのように西側に入るかはすべてあらかじめ指示されていたので、アレクセイの動きを特定するのは比較的容易なことではあるが、今さらながら本部の周到さを思い知らされる。

「もちろん。定められた通りの時間にチェックポイント・チャーリーを通過できるかの確認、国境検問所での不用意なトラブルの回避などもあるが、万が一の西側への逃亡を防ぐ目的もあった。おまえがチェックポイント・チャーリーを出てからは、私があとをつけていたことを知っているか？」

「…いいえ」

妙な尾行がないか、多少、用心したつもりではあったものの、あの検問所を境にした東と西とのあまりの差に驚いて、注意はおろそかになっていたかもしれない。

よもやサエキ本人につけられていたとはまったく考えもしなかったし、気づきもしなかった。

「そんなに驚かなくてもいい。こちらだって気づかれるようなへまはしないし、ましてやおまえにとっては生まれて初めての西側での任務だった」

サエキはソファの肘掛けに身をもたせかけ、ねぎらうように言う。

「ただ、本部はいつも、情報員を完全には信頼しきっていないということを、常に念頭に置いておくことだ。情報員の動きが、あまりに本部にとって不利益になると判断されれば、やはり本部からは始末の対象とされる。それから、どこへ行くのも咎められないとは言ったが、その目的地や動機は常に本部の監視の対象となることは、あらかじめ承知しておかなければならない。下手な疑惑を招くことは、自殺行為にもなる。保身を考えるなら、出国の制約がないからといってふらふらと呑気に出歩いたりしないことだ。この西側に長くいると勘違いしてしまいがちだが、我々はけして自由な身ではない。誤解を招くような行為は、慎むことだ」

「了解」

アレクセイは頷いた。

週に一度ぐらい、念を押すかのように、こういったサエキの注意があるたび、モスクワから目に見えない精神的な枷がかけられているのを感じる。

国にいる頃も、体制への批判などは厳しく取り締まられ、検閲などは日常茶飯事だった。しかし、家族や友人達が数多く側にいたせいか、それとも生まれた時からそんな環境に育ったせいか、こうもはっきりと逃れられないと、雁字搦めの枠を感じるようなことはなかった。

逆に、この西側に来てからそれがはっきりと意識されるようになったのが、何とも皮肉ではある。

「だが、一度ぐらいは観光気分で、東側からブランデンブルク門を見てみるのも悪くないと思う」

声の厳しさを一転させると、サエキはどこか少年っぽい、あどけなさすら感じられる顔で珍しく微笑んだ。

「今日、予定がないなら、行ってみるか?」

この間の落ち込みからは脱したようなサエキの様子が嬉しくて、アレクセイはええ…、と笑った。

「ぜひ、一緒に」


東ベルリンへ入るのには、この間通ったチェックポイント・チャーリーではなく、Sバーンと呼ばれる鉄道を使った。

鉄道を使って西ベルリンから東ベルリンへと入ることが可能な唯一の駅、フリードリヒシュトラーセの暗い構内は金網でものものしく仕切られ、フリードリヒ通り検問所と同じく、小銃を装備した警備兵が何人も立ち、重苦しい雰囲気だった。

そこで一日ビザを取得するために外国人用の検問所に三十分以上並び、執拗なほどに時間をかけたパスポートチェックを受け、ようやく入国ビザを発給されて駅の外へと出た。

サエキと共に駅を出たアレクセイの目の前にあったのは、グレーを基調とした見慣れた共産圏の世界だった。

高価なガソリンの価格を少しでも抑えるために日常的に用いられている、灯油との混合ガソリンの独特の異臭が鼻をつく。

しかし、見慣れた、どこか郷愁さえ覚える眺めであるのに、西ベルリンに比べ、なんとさびれた街並みであることかと、アレクセイは目を見張った。

街がグレーを基調にしているように見えるのは、排ガスで煤《すす》けた、化粧気のないコンクリート造りの古い建物が多いせいだった。

もちろん、目立つ商業看板やポスターなどの彩りもない。

混合ガソリンの強烈な臭いを振りまきながらバタバタという騒音と共に走るのは、東独の国民車であるトラバントばかりだ。西ベルリンでワーゲンやBMW、ベンツなどの西独車の他、多種多様な形や色味のヨーロッパ車をここひと月ばかりで見慣れた目には、一種、異様にも見える。

道の脇に並ぶ小売店のショーウィンドウには活気がなく、汚れたガラスの向こうに並んだ商品の品数も少ない。ディスプレイも、ずいぶんお粗末なものだ。

小売店やデパートでの商品不足は承知の上だが、こうして改めて見てみると西側との流通量や商品の質の差は、あまりにも歴然としていた。

店ばかりではない。ブランデンブルク門から続く広い並木道であるはずのウンター・デン・リンデンも、人気がなく閑散としている。

道行く人々も素っ気なく、いでたちからアレクセイらが西側からの観光客だとわかるのか、よそよそしい様子で目を合わせようともしない。

道に立つ警察官や兵士が、時折、うろんな目でこちらを見てくるばかりだった。

自分が育った国は、このような閉鎖的で発展性のない世界だっただろうかと、今さらながらにアレクセイは衝撃を受けた。

そして、このように時代遅れで精彩を欠く、貧しい国だっただろうかと、ただ呆然《ぼうぜん》とする。

そこには、両親の子供の頃の服装や街並みを写真で見た時に感じるような古めかしさがあり、明らかに西側から見れば何年か分は立ち遅れた世界があった。

西ベルリンで、世界中の最先端の電化製品やファッション、車、住宅、映画、音楽などを目にし、耳にした時には、やはり驚いたものだったが、こうして自分が生まれ育った共産圏へと目を戻すと、さらに驚かされた。

ひと月近くを西側で過ごしただけに、そのあまりにも歴然とした差にアレクセイは驚愕《きょうがく》する。

「驚いたか?」

サエキはアレクセイに声をかけた。

「何も、驚くのはおまえだけじゃない。ごく普通の大使館員だって、一度国を出て西側の自由な世界を見てしまえば、もう任期が終わってもソビエトには帰りたくない、パンや肉を買うのに長時間並ばなければならない生活は二度とごめんだと言う。私だって驚いた。ソビエトを出て西側に行った時、そして、またソビエトに戻った時…。私が最初に行ったのは香港だったが、あそこはベルリン以上に活気のあるオリエンタルな街だ。街中に赤や黄色の原色の色彩が溢れて、始終…それこそ、夜中までクラクションや人の叫び声、音楽が響いている。色や物音ばかりじゃない。物が溢れ、人が溢れ、食べ物の匂いが溢れ、店には商品が溢れ、それが道まではみ出して、本当に生き生きとした、人々の息づく様が手に取るようにわかる街だった。美しいどころか、あまりにもごみごみとした街だったが、それでもモスクワに戻った時には、その静まりかえった重苦しい雰囲気と息苦しさに、墓場にでも入ったのかと思った」

サエキが自分から過去について洩らしたことにアレクセイは驚いたが、ふとパーティーで聞いた東方美人の名が思い出された。

それが西側情報部によって、サエキに付けられたあだ名だったと聞き、違和感はなかった。サエキのこの華やかな美貌は、中国人の中では目立ちすぎて、生粋《きっすい》の東洋人では通らないだろう。

ふとアレクセイは、この金髪を黒く染めたら、どのように魅力的に変わるのだろうかとの想像に駆られた。

金髪でも十分に美しいが、黒髪のサエキも見てみたい。

よりエキゾチックに、より神秘的で謎めいた雰囲気が強調されて、さぞかし周りの人間は落ち着かないような気分になることだろう。

アレクセイは、サエキをオリエンタル・ビューティーと呼んだ人間の気持ちが、わかるような気がした。

「あなたは『東方美人』と呼ばれていたと…」

「…なぜ、それを?」

ブランデンブルク門に向かって歩きながら、サエキは真顔になった。

「イギリス大使館でのパーティーの時、西側の警備員のひとりがあなたのことをそう呼ぶのを聞いたのです。最初は、ソフィアさんのことを言っているのかと思ったのですが」

「あの女は、西側からも『鉄の女』とあだ名されてるぐらいだ」

別のことを考えていても、ソフィアに関しては反射的に何かスイッチでも入るのか、サエキは素っ気なく言い捨てる。

「それよりもあの時、誰か私を知るものがあの場にいたのか?」

誰だ…、とサエキは記憶を探るように、わずかに眉を寄せる。

ソフィアもそうだったが、サエキも西側の何人かのエージェントの顔を知るらしい。

「一見、警備員のように見えましたが、会話の内容からはMI6の局員のように思えました」

そういえば…、とアレクセイはあのパーティーに関連して、自分に声をかけてきたひとりの男のことを思い出した。

「『ハロー』誌のクルーニー……？」

アレクセイの話に、サエキは怪訝《けげん》そうな顔を見せる。

「『ハロー』といえば、イギリスのゴシップ誌のひとつだが……」

二人はもう、ブランデンブルク門の前まで来ていた。

とはいえ、東ベルリンにやってきても、門のすぐ下にまで行けるわけではなかった。門の二百メートルほど手前に腰までの高さのコンクリートの柵が設けられ、警備兵が立っている。

そこから先は、何もない。

門まで、わずかに街灯と街路樹が立つばかりだった。

東ドイツにとっても観光名所であるせいか、さすがに無骨な鉄条網や監視塔のたぐいは置いていない。

あまりに鉄柵も検問所前のようなものものしい警備も何もないので、アレクセイぐらいの年頃の若い男なら全速力で走ってゆけば、ブランデンブルク門を越え、あのコンクリート製の悪名高い壁を越え、西側に行くのは簡単なようにも見えた。

壁の向こう側に墓碑の作られた、壁を越えようとして撃ち殺された犠牲者達は、自分と同じような錯覚を抱いたのだろうか、とアレクセイは思った。

それとも、もっと切実な理由があったのか。

だが、その場所から門を眺めれば、そんな錯覚を抱いても無理はないと思えるほどに視界を遮るものはなく、壁は低く見えた。

「そのクルーニーについては、調べておこう」

コンクリートの柵に腰掛けながら、サエキは答えた。

ちょうど、駐留ソビエト軍が観光にでも来たのか、ソビエト陸軍の軍服を着た若者達が十人ほど、わらわらとやってきて交代で写真を撮っている。

アレクセイらと年齢もほとんど変わらないが、あるいはいくらか下の年齢に見えた。

懐かしい言葉で、子供のようなたわいもない冗談を言いながら笑っている。

アレクセイは、思わず懐かしさから目を細めた。

アレクセイもああして、海軍にいた頃、オフの時間帯には友人達と行く先々の国の観光地をまわり、家族にその写真を送ったものだった。

「こんにちは《ハロー》」

周囲に他の観光客がいなかったせいか、中のカメラを手にしたひとりが、ロシア語訛りのあやしげな英語で声をかけてきた。

ここが東ドイツ国内であっても、共産主義国家のリーダーを自認するソビエトの軍人は気兼ねなく振る舞うのがわかる。

東独国民は警備兵の目を恐れ、けしてアレクセイら観光客に声などかけてこないが、彼らは警備兵のことなどほとんど気にかけていないようだ。

東独の警備兵とソ連兵との間で何かトラブルがあれば、絶対に処罰対象となるのは東独側だということがごく当たり前の前提としてあるからだった。

「アメリカ人《アメリカーン》？」

へたくそ、などと、周りからどっと野次が起こる。

サエキやアレクセイの顔立ちから、典型的なドイツ人でないと思ったのか。

ああ、自分は今、同じ国の人間から、他国の人間のように思われているのかと、アレクセイは不思議な感覚に陥った。

「いいや《ノー》、イギリス人《イングリッシュ》だ」

サエキはそつのない愛想笑いを浮かべ、いつもの美しいアクセントの英語で返す。

「頼む《プリーズ》」

自分たちが並んだところの写真を撮ってくれ、とあとはロシア語とゼスチャーとで示し、そのカメラを持った青年はアレクセイに自分のカメラを渡しに来た。

本国を離れた気安さか、もともとの人なつっこい性格なのか、西側の人間だからと警戒する様子もない。かえって、東ドイツの人間よりも親しげなぐらいだった。

周りの兵士達も特にそれを咎める様子もなく、柵に腰掛けたり、友人と肩を組んだりと、皆、くったくのない笑顔を向けてきた。

サエキがアレクセイの反応を確認するように、じっと見ているのがわかる。

「いいよ《オール・ライト》」

アレクセイが英語で答えたのを確認すると、サエキは視線をずらした。

気さくに、хорошо《ハラショー》（いいよ）と母国語で答えることができないことに、アレクセイは一抹の寂しさを覚えた。

俺も頼む、とさらにあと二人ほどがカメラを持ってきて、アレクセイは計三枚ほどの写真を撮ることとなった。

「ありがとう《スパシーヴァ》、ありがとう《サンキュー》」

ロシア語と片言の英語とで口々に青年達は礼を言い、また賑やかに去っていった。

「上出来だ」

青年らの背中を見送り、サエキは短く褒めた。そして尋ねる。

「国に帰りたいか？」

「ええ」

さすがに来て早々に帰りたいというわけにもいかず、そのうちに…、とアレクセイはつけ足す。

「しばらくの間は、帰ることはできないと覚悟しておいた方がいい」

告げる内容の重さに対して、あまりにも淡々としたサエキの言葉に、薄々嫌な予感を持ちながら、アレクセイは尋ねた。

「それは、どのくらいの間です？」

サエキはコートのポケットに手を突っ込んだままで、首をかしげた。

「さあ、二年か、三年か…、場合によっては、五年、十年、二十年…」

ある程度は予想していた答えだったものの、さすがに二十年という見当もつかない時間には、アレクセイも目眩《めまい》を覚えた。

二十年もたてば、アレクセイは五十だ。それでは老い先短い両親も、場合によっては友人のうちの何人かも、二度と会えないままに終わってしまうかもしれない。

家族には海外勤務だと言ってきてあるものの、それが今生の別れになるかもしれないとはさすがにアレクセイも思っていなかったので、機密上、すぐには無理かもしれないが、落ち着いたら連絡する…程度の言葉で、案ずる両親や妹と別れてきた。

家族の写真をはじめ、いっさいの身の回りのものの持ち出しを禁じられた時にも、真面目にそれに従った。

何年、何十年も会えないと知っていれば、鞄の底に隠してでも家族の写真ぐらいは持ち出したのに…と、今さらながら自分に課せられた仕事の重さ、危うさ、それに伴う孤独を思い知らされる。

「休暇などでは…？」

尋ねるアレクセイの声は、自然、重いものとなる。

「基本的に、休暇などで国に帰れるとは考えない方がいい。私たちには、普通のＫＧＢ職員のような勤務条件はあてはまらない」

アレクセイは重い溜息をついた。

サエキはさっきまでソ連兵らが腰掛けていたコンクリートの柵にアレクセイと並んで腰掛けると、なだめるようにそっとアレクセイの背中に手をかけた。

そして、穏やかに尋ねてきた。

「家族に手紙を出す予定は？」

「いいえ、そう頻繁に連絡することは許されないだろうと思って、まだ今のところ書いてはいませんが…、書いてもいいんですか？」

いや…、とサエキは首を横に振った。

「しばらくは…。だが、せめて家族に手紙ぐらいは届けられるよう、ダビッドに頼んでおこう。どこかを経由する形になるとは思うが、手紙のやりとりぐらいはできるだろう。ただし、手紙も十分に検閲の対象となることは覚えておいた方がいいし、ある程度は仕事や所在地について、ごまかして書かなければならないと思うが」

励まそうとしているのか、いつになく親しい位置で肩を抱き、せめて便宜を取りはからおうとしてくれているらしいサエキの言葉に、アレクセイはただ気も重く、頷くことしかできなかった。

「レニングラードをご存じですか?」

東ベルリンのレストランの一画で、西ベルリンよりはるかに価格の安い、しかし、あまり美味《うま》くはない食事をとりながら、アレクセイはサエキに尋ねた。

いや…、とサエキは首を横に振る。

「行ったことはない。北のベニスと呼ばれるほどに美しいとか…」

ええ…、とアレクセイは頷《うなず》く。

「私の生まれ育った街ですが、モスクワとはまた違って…、海に面したヨーロッパに近い貿易港なので、街並みもヨーロッパ風の建造物が多く、美しい街です。立地上、川や橋がとても多いので、北のベニスと呼ばれるのでしょう。ソビエト第二の都市といわれていますが、一七〇〇年の初頭にピョートル大帝が街を築いてから、一九一七年にロシア革命が起こるまでは首都でもあった…」

サエキは豚肉のローストにナイフを入れる手を少し止め、言った。

「ロシア革命発祥の栄誉ある街だから、指導者レーニンの名を冠して、その前のペテログラードからレニングラードになったとは聞いているが」

「ええ、他にもサンクト・ペテルブルク、ペトロポーリ、ペトロポリスと、様々に呼ばれたことがあったようです。第二次世界大戦時に、ドイツ軍に九百日間にわたって包囲されたレニングラード攻防戦で街のかなりの部分は破壊されたのですが、それでも残った建物や再建された建物はまるで宝石のようで…、事実、本当に美しい、愛すべき街です」

アレクセイは、モスクワなどと比べてもはるかに優美な趣のある、帝政ロシアの頃の建物を多く残した、懐かしい故郷の街並みを思った。

「むろん、私達が住むのは、ごく普通のクバルチーラ（マンション）でしたが、それでもちょっと外を歩けば、あの絵葉書のように綺麗《きれい》な、豊かな街の表情を確かめられた」

さっき、ソ連兵らを見て感じた郷愁が、そして、すぐには戻れぬという里心が、こんなふうに口をついて出てくるのだろうかと思いながらも、アレクセイは閑散としたレストランの片隅で、サエキを前に語る。

そんなアレクセイの話を、サエキはいつになく身を入れて聞いてくれているように思えた。

「ご家族は、ご両親と？」

「ええ、両親と私、それに妹がひとり…、アーニャという、兄である私の欲目を差し引いても、かなり美人で頭のいい、薬剤師をしている妹がいました。妹には一年ほどつきあった相手がいて、来年の春頃にはそろそろ結婚という話も出てました」

サエキがひとつひとつ頷き、真摯《しんし》な顔で聞き入ってくれるのを救いとし、アレクセイはビールのグラスを片手に、最近めっきり老け込んできたように見えた両親、そして妹の懐かしい笑みを思い出しながら話し続ける。

兄さんは、私の結婚祝いに何をくれるのかしら、楽しみね…、悪戯《いたずら》っぽくねだっていたアーニャの明るい笑い声は、このベルリンの街に来てからも、折に触れて胸の内に思い浮かぶ。

昔から、寂しがりで甘えん坊の妹だった。思春期を過ぎた頃から目を見張るほど急に美しくなり、アレクセイの同級生達の間でもずいぶんと話題になっていたものだ。

「結婚式に出ることは無理にしても、せめてお祝いのカードなり、プレゼントなりは送ってやりたいと思うんです」

アレクセイはそれが恨み言めいて聞こえぬよう、肩をすくめて笑って見せた。

「そうでないと、ずいぶん薄情な兄だと、次に会った時に責められるでしょう。可愛いけど、気の強いところもある妹なので…」

「君は家族思いだ」

サエキは微笑《ほほえ》む。

「大丈夫だ、ちゃんと結婚式の知らせぐらいはつくように取りはからおう」

「そうしてもらえると…」

ありがとうございます…、とアレクセイは礼を言った。

いつの間にそこまでの信頼ができていたのかは自分でも気づかなかったが、サエキは必ず約束を守ってくれるという、確信があった。

サエキはふとカトラリーを扱う手を止め、上目遣いにアレクセイを誘った。

「西に戻ったら、気晴らしにちょっと遊びに寄っていこう。そうじゃないと、この固い豚肉に食あたりでも起こしそうだ」

アレクセイの気を軽くするためか、珍しくおどけた口調で言うと、サエキはベルリンの夜に、とビールグラスを掲げてみせた。

「ベルリンの夜に」

応じてグラスを上げ、アレクセイはロシア男の心意気とばかりに、一気にそれを傾けた。


「アレックス、おまえは私にはアルコールをとりすぎるなどと口やかましく言うくせに、自分はずいぶん底なしじゃないか」

東側入国時に強制的に両替させられた東ドイツマルクを使い切るためと、レストランでさんざんにワインで乾杯を重ねたためか、Sバーンで西側に戻ってきても、まだサエキは酔いが残っている様子だった。

顔色や口調はほとんど変わっていないが、足許《あしもと》が少し危なっかしい。

視界が狭いと訴えるのをかたわらで支えながら、アレクセイは笑った。

「ワイングらいじゃ酔えません。やはり、酒はヴォートカ（ウォッカ）じゃないと」

「健康だの、出会いにだの、幸運にだの、何かと理由をつけては、乾杯しやがって…。おまえは熊か、底なしめ」

つきあいきれないとこぼすサエキは、本当に視界がかすむのか、何度も目許をこすった。

「本当は『底まで《ダドナー》！』って言って、一気に飲み干すんですよ。さすがにワインを一気に飲み干すわけにもいきませんから」

アルコールのせいで自分も少し浮かれた気分になりながら、アレクセイは空を仰ぐ。

夜のネオンが、東側では信じられないほどに鮮やかだった。

文句を言いながらも乾杯につきあってくれたサエキのおかげか、昼間感じていた気落ちがずいぶんと軽くなっている。

考えてみれば、サエキはじっくりとアレクセイの故郷レニングラードの話を聞くことで、アレクセイの感じていた望郷の念を癒してくれようとしたのだろう。

「熊なんぞと酒でやり合ったら、負けるのは当たり前だ。よし、次はあのゲームで勝負だ」

サエキは通りがかったナイトクラブの店頭にある射撃を指さした。

繁華街にあるせいか、客層が若いせいなのか、クラブの入り口はずいぶん明るく、中から派手な音楽と重く響くドラムの音とが洩《も》れてくる。

店頭は、ゲームに興じる若者で賑《にぎ》わっていた。

「いいですよ、勝負しましょう」

アレクセイは笑った。


「信じられんな」

次々と的を撃ち当てては、ゲーム用ライフルの弾を装填《そうてん》してゆくアレクセイの横で、サエキが呟《つぶや》いた。

いくつもの人型の的が、交互に起きあがってくるのを撃つ単純なゲームだったが、ほぼ百パーセントといえるアレクセイの命中率に、すでに周囲には興味半分の人だかりができ、ついには的を当てるたびに歓声と拍手とが上がるようになっていた。

「おまえのシューティングの点数を忘れていた」

サエキの呆《あき》れた口調に片頬《かたほお》で笑い、アレクセイはさらに起きあがってきた的を撃ち倒す。

『あんた、俺が今まで見た奴の中で一番上手《うま》いよ。こんなに完璧に、しかも素早く的を撃ち抜く奴は初めて見た』

頭をスキンヘッドに刈り上げた男が、カウントされている点数を見て、ガムを噛《か》みながらも唸《うな》る。

アレクセイはさらに一発、起きあがった的を撃ち当てた。

ヒューッ…、という口笛や歓声と共に、拍手が起こる。

それと同時にブザーが鳴って、アレクセイの足許のあたりに赤いボールが出てきた。

「何だ？」

ボールを取り上げるアレクセイに握手を求めながら、スキンヘッドの男が店の奥を指さす。

『店のカウンターに持っていくと、煙草なんかの景品と交換してくれる』

アレクセイがボールをサエキに示してみせると、行ってこい、とサエキは苦笑した。

入り口で待つサエキをそのままに、人の声が聞こえないほど音楽の鳴り響く店の奥に入ってゆくと、アレクセイが手にしたボールを見て、店員が何か言いながら身振りで一番上の棚を示した。

その声も音楽にかき消されて、まったく聞こえない。

スナックやキャンディなどの並んだ下段よりも、ダースの煙草や缶のビールなど、少し値の張るものが並ぶ中、アレクセイは一番右の端に並んだ小振りなぬいぐるみの熊を指さした。

店員が何か叫びながら、熊を差しだした。

『何？』

声がかき消されぬよう、大声でアレクセイが尋ね返すと、店員は再度叫んだ。

『彼女にか？』

アレクセイは肩をすくめ、頷いた。

『まぁ、そんなところだよ』

耳がおかしくなりそうなほどのダンス音楽に片耳を塞《ふさ》ぐようにして、アレクセイはサエキの待つクラブの店頭に出た。

「何だ、この熊は？」

アレクセイの手にした、手のひらに載るほどの熊を見て、サエキは怪訝《けげん》な顔を作った。

「景品は、煙草か何かだと言ってなかったか？」

アレクセイは手にした熊をうやうやしくサエキの手の上に載せながら、一礼した。

「あなたは私について、色々とご存じですが、私はあなたをまだ喜ばせる方法を知らないので…」

アレクセイは微笑む。

「底なしの熊を、いつもあなたの側《そば》に」

呆れ顔だったサエキも、笑った。

「いいだろう」

そして、その熊をコートの胸ポケットにねじ込んだ。

II

『この間の「ハロー」誌のクルーニーという記者だが…』

いつもの連絡方法でサエキを呼んだ教授は、いつもの部屋でいつものように机の前に腰掛けたまま、口を開いた。

老いた男はサエキを少し濁りかけたグリーンの瞳《ひとみ》で見上げ、少しずつサエキの顔色を見ながら話す。

わずかずつ相手の反応を探りながら情報を小出しにしてゆくのが、この男の常からのやり方だった。

『調べてみたが、とりあえずはシロだ。実際に、「ハロー」の編集にクルーニーという頭部の禿《は》げ上がった男がいるらしいし、当日、確かに英国大使館に行っている。逆に、もし向こうが「フェイス」の記者などに興味を持って調べた場合、こちらが若干不利にもなるのだが…、まぁ、あの程度のゴシップ誌なら問題もなかろう。政府筋、情報機関筋には、とことんまで嫌われてる連中だからな。別段、問題ないものと考える』

『了解』

サエキは短く答える。

今日は、アレクセイは伴ってきていない。サエキひとりが呼ばれただけだった。アレクセイはどこかの博物館だかで行われる写真展に行くと言っていた。カメラマンという仕事に興味を覚えたようで、ずいぶんと熱心に勉強している。死んだアレックス・キャンベルの撮っていたこれまでの報道写真なども丁寧に整理して、自分なりに分析していたようだ。

もともとの真面目な性格もあるのだろうが、何かを学ぼうとする姿勢は積極的で、あの男がこれまで高く評価されてきた理由もわかる。

『ところで、どうだね、最近？』

にこやかに尋ねるルドルフに、表情を変えないまま、きたな…、とサエキは胸の内で構えた。

どうだね、最近…、というのは、ルドルフが本題に入る時の常套《じょうとう》文句である。

『さぁ、別段、目新しいようなことはありませんが…、何か？』

とりあえず水を向けてみると、教授は手許の地球儀をなぞり、気になるらしき場所のあたりを撫《な》でた。

『どうも、中東のあたりが煩わしくてならないね』

『アフガニスタンですか？』

サエキの問いにも、教授はただにこにこと笑うばかりである。

その笑顔だけ見ていれば、本当に生涯かけて教職に身を捧げた温和な老講師に見える。

この狐《きつね》め…、と忌々しく思いながら、サエキはルドルフの顔から視線を外し、男が触れた卓上のアンティーク仕様の地球儀を見た。

飴《あめ》色で、一見、ペン画による装飾が丹念に施された年代物のような仕上げの地球儀だが、地理は最新のものだった。

一九七九年、ソ連はその地球儀の中ではソビエト連邦の南に位置する、中国、インドの西方、イランの東隣となるアフガニスタンに侵攻した。

アフガニスタンでは、ソビエト侵攻前も長らく政治的混乱が続いていた。

一九七三年、政治運動の盛り上がりにより、ザヒル・シャー国王の従兄弟《いとこ》であった前首相のムハマンド・ダーウドが長く続いた王政を廃し、アフガニスタン共和国を成立させて大統領に就任した。けれども、その五年後の七八年四月には、ダーウドを支持していた軍部や他の政治派閥が革命を起こし、ダーウドを殺害して、社会主義政権のアフガニスタン民主共和国を打ち立てた。

しかし、この政権も派閥対立などの内部分裂や、ソビエトの息のかかった社会主義政権に反対する反政府派イスラム組織のゲリラ化などで不安定な状態にあり、七九年九月には派閥内部抗争でタラキー評議会議長が殺害された。

新たに議長の座に着いたのは、副首相であり、外相でもあったアミーンだった。

このアミーンがアメリカ寄りの政策をとること、さらにはアミーンが弾圧政策によるイスラム聖職者の大量虐殺を行うことを危惧《きぐ》したソビエトは、殺されたタラキー議長の時代からアフガニスタンは幾度もソ連の軍事援助を求めてきたとして、七八年十二月に調印された両国の友好善隣協力条約を理由に、アフガニスタンに軍事侵攻した。

アミーンのいた宮殿や放送局は一気にソ連軍に制圧され、アミーンはKGBの擁《よう》する特殊部隊隊員によって殺害された。

このソ連による軍事侵攻はアメリカをはじめとした西側諸国だけでなく、多くの非同盟中立国からも国際的な非難を浴びた。

一九八〇年に行われたモスクワオリンピックでは各国が参加をボイコットし、わずか八十一カ国でオリンピックが行われるという前代未聞の事態となっている。

『ずいぶん、長引いていますね』

『あの地は、今後、我々にとってはベトナム並みのトラブルメーカーとなるだろう。下手をすれば、国家的威信、国家基盤も揺らぎかねん』

早々に収まるかと思われていたソビエトのアフガニスタン侵攻は、短期に終わらなかった。

政権にはソビエトの息のかかった共産主義者で政治家のカルマルが党書記長兼、革命評議会議長の地位についたものの、各地で反政府運動、反ソ運動が起こった。

長らく犬猿の仲である隣国パキスタン、さらにはアメリカ、イランなどの支援を受けた武装ゲリラ組織が抵抗を見せて紛争は長引き、今では中央政府の支配域は首都とその周辺の一部地域のみとなっている。

　ソビエト軍は政権が再び反政府派イスラム組織によって奪い返されることを恐れ、アフガニスタンから撤退することもできずに、テロやゲリラ攻撃によって軍に多数の死傷者を出しながらも、そのまま駐留し続けていた。

　今やアフガニスタンは、秩序なき混迷の世界と化している。

『何か手を？』

『いや、今すぐにどうにかできるものでもないだろう。アラブとは、共産主義も資本主義も通用しない、混沌《こんとん》とした世界だよ、サエキ。イスラムは、イスラムの掟《おきて》によってのみ、生きる。あそこは東洋の理も、西洋の理とも異なる、まったく独自の法則の生きる場所なのだよ。それよりも、まずはロンドンだ。近く、ロンドンに行ってもらうことになるかもしれない』

『了解』

　短く答えるサエキに、ルドルフはふと思いついたようにつけ加えた。

『アーレックスを連れて行くといい。彼にとっても、いい勉強になるだろう』

　めったなことではドイツ語以外の言葉を話さないルドルフは、アレクセイの英名もドイツ読みで呼んだ。

　いかにも、今思いついたというような口ぶりだったが、その真意を探りたくて、サエキはルドルフへと視線を戻す。

『アーレックスは、この街に慣れたようかね？　今のところ、実地訓練は及第のようだが…』

孫でも案ずるような穏やかな顔、やさしい声で、この男は暗にこの間のサエキの屈辱的な写真の撮影についてをほのめかしている。

サエキは、アレクセイに当初から自分があのように陵辱《りょうじょく》を受ける場所をわざわざ見せるように仕組んだのは、この男ではないのかという疑いをさらに濃くした。

この間のように、ただ相手と寝るだけの役目なら、何もサエキでなくとも十分にできる。

直接に何か急を要する品物を相手の隙《すき》をついて盗み出してこいとか、その場で要人の予定などを聞き出してこいというのなら、それなりのテクニックも必要となる。しかし、ただ単に同性愛行為に耽《ふけ》る相手を写真に撮るためというだけならば、そこそこ相手の興味を誘う程度の容姿さえあれば、それこそまったくの素人《しろうと》でもできる。

現にモスクワではもっぱら、その役にはちょっと見場のいい駆け出しの役者などを使う。さして重要でない人間ならば、いざとなった時に口封じのために葬り去ることも簡単だからだ。

すでに仕掛けた三人を袖《そで》にしたとか、ブロンドのあまり世間ズレしていないタイプが好みだとか、どうでもいいような理由が並べられていたが、昔ならともかく、ここ最近サエキに課せられる仕事を考えれば、とうていまわってくるとは思えないような役回りだった。

しかも、写真を撮るように命じられれば、必然的に行為の一部始終を目にせざるを得ない。どう考えても、アレクセイにとって本来なら優位にあるはずの調教師、サエキの権威や信用を、故意に落とすための作戦であったとしか思えない。

人間の生理的な嫌悪感、軽蔑《けいべつ》というものは本能に根ざしており、一度芽生えてしまった生理的な嫌悪、拒絶感というものは、簡単には消えない。むしろ、その後もずっと長らくついてまわる。

ゲイの要素がない人間が、男同士の濡《ぬ》れ場を見て抱《いだ》くのは、普通は嫌悪感だ。

それを、あえて性的にノーマルなアレクセイにサエキが同性と寝る姿を見せ、アレクセイの中に消えることのないサエキへの本能的な嫌悪、精神的な距離を作ろうとする意図、思考が、すでに恐ろしく歪《ゆが》んでおり、非人間的だった。

よくも、そんな薄気味の悪い計略など、考えつくことができたものだと思う。

サエキとの間に精神的な距離ができてしまえば、アレクセイはより客観的にサエキを観察することができる。

おそらく、それを狙《ねら》ってのことだろう。

アレクセイがこのベルリンに送られてきたのは、まず、サエキの監視役として…、と考えて間違いないものと思われる。

サエキはぶちまけようのない憤懣《ふんまん》を極力顔に表さぬように表情を殺しながら、この老獪《ろうかい》な男をまっすぐに見返した。

この連中の唯一の計算違いが、アレクセイという男の持った懐の深さ、優しさ、他人に対する慈しみの念だろう。

あの日以来、アレクセイは性的にもはっきりとサエキを意識したのか、サエキを見る視線がある種の熱を帯びるようになった。

しかし、それでもあの真面目な男は以前と変わらぬ礼儀正しさでサエキに接し、強い自制心で自分を律し、精神的な垣の向こう側に自分自身を置こうとしているのがわかる。

サエキは、そんなアレクセイの強さ、成熟した理性を好ましく頼もしく思う一方で、男のその節度ある抑制が崩れるのを、どこかで待ってもいる自分を知っていた。

アレクセイの視線に潜む熱を、少しも疎ましいとは思っていない。

逆に、あの長い腕が強い力で自分を抱きすくめる瞬間のことを、時折、考えてみる。

息もつまるような力強さで、それでいてどこか壊れ物を扱うような慎重さをもって、あの男はサエキを抱きしめるだろう。

それは、ずいぶん魅惑的で、うっとりするような想像だった。

サエキは、表情ひとつ変えぬまま思った。

あの理想的ともいえる男を支配し、サエキのことだけでその思考を満たし、跪《ひざまず》かせたい。

サエキが、こんなにも誰かひとりの人間を欲しいと思ったのは、ずいぶん久しぶりのことだった。

アレクセイ自身が気づいているかどうかはしらないが、サエキよりも年齢的には下なのに、驚くほどに深く成熟した内面、精神性を持つ男だった。

あの男は、きっと恋人を宝物のようにやさしく扱うだろう。

あの深い湖のように青い、穏やかで思慮深い瞳を覗《のぞ》いてみればわかる。あの男が、その内側にどれだけ豊かなものを持っているのか。

あの男は、黄金色に麦を実らせた大地のように広く豊かな愛情で、やさしく相手を包もうとするだろう。愛した相手が望めば、終生変わらぬ愛情をその相手に注ぎ続けるだろう。

アレクセイはそれが十分にできるほどの、温雅な人間性を持つ男だった。

もっとも、常に画一的に人間を測り、采配《さいはい》するルドルフや本部の人間どもには、他人のそんなきめ細やかな感情など、とても理解できないものかもしれないが…、とサエキは思う。

本部が、自分たち情報員をまるでチェス盤の駒《こま》のように扱うことに慣れていたサエキですら、アレクセイが自分に対して抱くだろう侮蔑、嫌悪、それによって生まれる精神的距離などを考えると、不快な中年男との関係を考える以上に落ち込み、神経を尖《とが》らせた。

NATO役員との一過性の関係など、単に不愉快なでき事ではあるが、さほどサエキを傷つけるわけではなかった。むしろ、サエキにとってはどうでもよいことだった。

何よりサエキを苛立《いらだ》たせ、その神経に障ったのは、アレクセイの目の前でそれを行わなければならないことだった。

出会ってから長いわけでもないのに、サエキがこんなにもひとりの人間に心を許していたのは、初めてだった。

そして、ここまでひとりの人間の目を意識し、今の心地よい関係が崩れること、その相手から軽蔑されること、精神的な距離が生まれてしまうことを恐れたのも、生まれて初めてだった。

『本部の評価通り、優秀な男です。飲み込みも早いし、ドイツ語を覚えることにも熱心です。多弁でないにもかかわらず、自然と人の気持ちをほぐし、相手の懐に入り込むことができる人間なので、このままいけばさほど時をかけずして、すぐれた徴募要員となることと思われます』

gut《グート》、gut《グート》（よろしい、よろしい）…、と男はまるで小さな子供を褒めるように、にこやかに頷いた。

『確かに評判通り、非常に気持ちのいい男だ。ゾフィーやクルツの受けもよかった。君もそうかね？』

探るような男の問いにも、サエキは短く、ええ…、とだけ答える。

諜報《ちょうほう》部員となって以来、初めてモスクワに感謝したという、アレクセイへのサエキの言葉は本心だった。

あの人間的な豊かさ、いかにもロシア人らしい上背《うわぜい》のある恵まれた体格、慎重でありながらも穏やかな理性、まるでロシア人の良心ともいうべき男だった。

よくあのような男を選び、このベルリンに送って寄越したものだと、つくづく感心する。

いつもの本部を鑑《かんが》みれば、なんと気の利いた、信じられないほどに趣味のいいプレゼントであることか。

英国を出て以来、サエキは神の存在など信じたこともなかったが、もし、アレクセイをサエキの元に送ったのが何かの意志であるとしたなら、少しぐらい神に感謝してもいいと思った。

時を置かずして、あの男はサエキが長らく探し続けていた半身となるだろう。

影となり、日向《ひなた》となり、常にかたわらにある存在。

いつも共にあって、サエキを支え続けることのできる、伴侶《はんりょ》とも呼ぶべき存在。

それが長らくサエキに欠けていたものであり、サエキが探し続けていたものでもあった。

会って、まだ間もないが、アレクセイがこれから先、常にサエキと共にある存在となるだろうことを、サエキはすでに確信していた。

『君はあいかわらず、ポーカーフェイスな男だな』

嫌味なのか褒め言葉なのか、どちらともとりようのない声で教授は最後に言った。

『ゾフィーがコーヒーを淹《い》れてくれているだろう。一杯、飲んでいったらどうかね？』

愛想よく声をかけてくる教授に、ドアに手をかけたサエキは冷めた声で答えた。

『それが、毒入りでなければね』


「コーヒーは？」

教授の声が聞こえていただろうに、サエキが尋ねると、隣室でタイプライターを前に、爪《つめ》をヤスリで整えていたソフィアは、顔を上げもせずにドイツ語で素《そ》っ気《け》なく答えた。

『私はあんたの家政婦じゃないのよ』

しかしサエキも動じず、女の愛想のないドイツ語に淡々と英語で返す。

「ルドルフが、コーヒーを飲んでいけと言っていた」

ソフィアはそれを鼻で笑って、さらにドイツ語で答える。

『おあいにくね、あんたに出すようなコーヒーはないわ』

「ならば、帰ろう」

実に不毛で寒々しい英語とドイツ語とのやりとりのあと、ソフィアは忌々しげにサエキを睨《にら》みつけ、ロシア語で言い放った。

『アリョーシャを、あんたの勝手で妙な企《たくら》みに巻き込まないで』

『企みというのは、何だ？』

尋ね返すサエキのロシア語は流暢《りゅうちょう》だが、抑揚が少なく、妙に正確な発音ばかりが目立つ。かえってサエキがネイティブでないことを意識させるものだった。

しかし、当のサエキにはあえてそれをあらためようという気はない。話しぶりも、正確でさえあればいいという素っ気ないもので、もともと淡々とした話し方が、さらに感情のこもらないドライなものになる。

しかし、ソフィアはそれにたじろぐふうもない。

『すっとぼけないで』

『そっちこそ、アーシャにこそこそと妙な入れ知恵をするな』

『何かやましいところがあるから、そんなふうに思うんじゃないの？』

『やましいところなんかなくとも、おまえみたいな狡賢《ずるがしこ》い牝猫《めすねこ》にかかれば、どんなまっとうな男だって身を持ち崩す』

『あんたが「男」を語ろうっていうの？』

ふん…、とソフィアがせせら笑う。

『勘弁してよ。あんたみたいなタマなしのオカマ野郎に「男」について語られたくないわよ』

『その果てしなく下品なもの言い、なんとかならないものか？　育ちが知れるぞ。もっとも、知れたところでどうということがないか。恥の概念のない人間は楽でいいな』

『ロシア語に罵倒《ばとう》語は数あれど、あんたと話す度に、まだまだロシア語は奥深くて、言い尽くされていない罵倒語があるんだって感心するのよ』

言えば言った分だけの同等の冷ややかな言葉を返してくる女に、サエキは一度口をつぐむ。

『知ってると思うけど…』

ソフィアは笑った。

『私はあんたが嫌いよ』

『安心しろ、私もおまえが嫌いだ』

『あんたみたいな男に好きだって言われるぐらいなら、首吊《つ》って死んでやるわよ』

『それは幸いだ、その日が一日でも早く来るよう、今日から祈ろう』

ソフィアはサエキを睨みつける。

『アリョーシャは、あんたなんかにはもったいないぐらいの真面目な好青年だわ。本部だって何も、アリョーシャみたいな人をあんたなんかに大盤振る舞いする必要もないのに』

『そう伝えておく』

ソフィアは眉《まゆ》を寄せた。

『まさかとは思うけど、もうたらしこんだの？』

『たらしこむだと？』

『あんたの十八番《おはこ》でしょ？　その気もない男を、くわえこむのって』

『…まさか。おまえじゃあるまいし、色を垂れ流して男を取り込もうなんてみっともない真似を、私がするものか』

『さぁ、どうだったかしら？』

やがて、サエキとソフィアは、しばらく睨み合う。

しかし、それは笑ったというより、笑いの形に唇を歪めてみせたという程度の冷笑に近い。

『アーシャを気に入ったか？』

『言ったでしょ、あんたにはもったいないぐらいの好青年だって。何だって、こんな魑魅《ちみ》魍魎《もうりょう》が跋扈《ばっこ》するベルリンなんかにやってきたのかしら』

『違う、好みのタイプなのかと聞いてるんだ』

サエキの言葉に、ソフィアは逆にニイッ…と、今日は赤く塗った唇の両端を上げてみせた。

『何、妬《や》いてるの？　好みだったら、どうだっていうの？　今回は、ずいぶんとご執心ね』

明らかにサエキの反応を面白がった、あからさまな揶揄《やゆ》の笑みだった。

それでもサエキは表情は変えない。不快そうに、わずかに眉を寄せただけだった。

『あの男に妙な色目は使うな』

はっ…、とソフィアはサエキへの軽蔑を吐き捨てるように笑った。

『まさか、あんたじゃあるまいし、気に入った人間全部をそんな目で見てるわけじゃないわよ』

堂々巡りの不毛な会話に、二人して黙り込み、睨み合う。

『ゾフィー、いつまでも仲良く話し込んでいずに、コーヒーぐらい出してやりなさい』

時に、やや耳が遠いような素振りを見せる教授は、いったいどこまで二人の話を聞いていたのか、声を張って隣室から呼びかけてきた。

『残念ですけど、彼はもう帰るんですって』

ソフィアは間髪を容れずに、隣の部屋に言い返した。

『いちいち妙な心配はしてもらわなくともけっこうだ』

サエキは不機嫌に言い捨て、部屋を出た。

Ⅲ

十一月にもなると、ベルリンの街はすっかり冬模様となり、部屋の暖房で窓が曇るようになった。

「サエキ、そんなところで寝ると風邪をひきます」

長椅子の上に横たわったままの男に声をかけてみたが、返事がない。

教授のところに行ってくるといって出て行ったが、アレクセイが外から帰ってきた時にはすでに部屋に戻っていて、ずいぶんと機嫌が悪かった。

しかし、前のイギリス大使館でのパーティーに参加するように言われた時の、ピリピリと尖ったような苛立ちとは違う。

どちらかというと眉間《みけん》に皺《しわ》を寄せて黙り込み、虫の居所が悪いといった風で、以前のアレクセイならはらはらさせられたかもしれないが、しばらくサエキと共に暮らすようになった今では、どこかふてくされた子供のようにも見える。

あの牝虎《とら》が、おまえのことを私にもったいないような好青年だと言っていたぞ…、と言ったっきり、ひとりであのハーフ&ハーフのカクテルを作って、長椅子の上に行ってしまった。

さてはソフィアと何か言い合いでもしたのだろうかと、アレクセイはクッションの陰から覗くサエキの金髪を眺め、思った。

機嫌のいい時には、サエキはアレクセイにカクテルを作るように頼んでくる。

逆にあまり虫の居所のよくない時や、何か気がかりなことがある時などは、その方が手っ取り早いのか、自分でさっさと作ってしまう。

あまり何杯もグラスを重ねると、控えめではあるが、アレクセイが酒量について口を出すのが煩わしいのかもしれない。

やはり、そのまま寝込んでしまったのかとアレクセイは苦笑すると、サエキの部屋から毛布を持ってきて、横たわるサエキの上に広げようとした。

そして、クッションに頭をもたせかけたまま、自分を見上げるサエキに気づく。

サエキは無意識なのか指の背で唇に触れるようにしながら、時折見せる、あのわずかに放心したような表情でアレクセイを見上げていた。

「…起きていらっしゃったんですか？」

「…ああ」

サエキはかすかに頷き、毛布を広げたアレクセイの手へと指を伸ばした。

アレクセイは黙って、自分の手に触れたサエキを見下ろす。

ごく最近になって、あの東ベルリンにブランデンブルク門を見に行った頃から少しずつ、サエキがたまにこうしたちょっとした機会に自分から触れてくるようになった。

それはいつもの自信に満ちたサエキの動きとは違い、何かを確かめるようにアレクセイに少し触れては、何をするというではなくまた離れるという、子供のようにどこかぎこちなく不器用な仕種で、いつもアレクセイの気持ちを和らげた。

アレクセイは、わずかに首をかしげるようにして自分を見上げるサエキのかたわらに、片《かた》膝《ひざ》をつく。

サエキが首をかしげると金色の髪が音もなく白い額の上をすべり、その滑らかな動きにアレクセイは目をとられた。

サエキは肩にカーディガンを羽織っているが、クッションに半ば以上身を預けた姿勢のせいか、ボタンを幾つか外して襟《えり》をくつろげているせいもあってか、襟の大きく開いたシャツからは胸許深くが覗けた。

この近い距離では、かすかな肌の匂《にお》いさえ感じられそうで、アレクセイは狼狽《ろうばい》して、そこから目を逸《そ》らした。

色素の薄いなめらかな胸、その胸骨の形などは、これまでに何度かシャワー上がりのサエキの寝間着姿や、バスローブを身につけた姿から見知ってはいる。

だが、今、こうして手を伸ばせばすぐに触れられる位置にあると、少し胸苦しくなる。身体の奥に熱がともされたような火照りを感じる。

その肌に触れたくなる危うい衝動、目の前の男の身体《からだ》を強く抱きしめたくなる欲望などが強く意識されて、アレクセイはあえてサエキの首から下を見ないように目を逸らした。

あのＮＡＴＯ役員との濡れ場を写真に撮られた夜以来、アレクセイは意識してサエキの身体を目に入れないようにしている。

行為の一部始終に吐き気さえ覚えたのに、なぜかあの時に受け身であったサエキの姿を頭のどこかで意識している。

思春期を過ぎて長らく忘れていたが、理性が飛びそうな危うい感覚、あの中年のいやらしい男と同じようにサエキの身体を抱き寄せたくなる衝動が、常にどこかで自分の中に意識されて苦しい。

こんな情けない思いを、サエキに知られたくはなかった。

それでいて、すでに勘のいいサエキには、悟られているような気もしていた。

そうなると、サエキを抱きたいと思う自分はあの中年男と同罪、同じレベルに落ちるような気がして、それがアレクセイを悩ませてもいる。

「こんな薄着で…」

サエキが薄く笑うのに、アレクセイはわざと子供にするような扱いでシャツの襟許を合わせ、手早くボタンを留めてしまう。

「眠くて、動けない」

サエキの言葉は、いつになく子供のようにわがままなものだった。

「命令だ」

酔うほどの酒量でもないはずなのに…、と思いながら、アレクセイは苦笑する。

それとも、サエキほどにクールな男でも、人に甘えたくなる時があるのだろうか。

「何でしょう?」

「…私を、ベッドに連れて行け」

わずかにサエキのテノールがかすれている。

なぜ、普段はスキンシップなどほとんどとらないくせに、こんな時だけこんな親密な行為を強制するのだと、アレクセイは困惑する。

いったい何を思ってそれを命じるのか、自分をからかいでもしているのかと、アレクセイは男の顔を見たが、サエキはふいとはぐらかすように視線を逸らす。

「…承知しました」

男の命令に従う甘美な目眩と陶酔を感じながら、アレクセイはサエキの身体を毛布ごと抱き上げる。

均整のとれた、しっかりとした温かな重みを抱き上げると、サエキの両腕がやわらかくアレクセイの首に回された。

人肌の温《ぬく》もりを胸許に強く押しつけられるようにされ、アレクセイはまるで戯れかかるようなサエキの意図を悟る。

やはりこの男は、この間からのアレクセイの思いを知っていたのだと観念した。

息もかかるほどの距離でサエキに目の奥を覗き込まれると、その瞳に溺《おぼ》れるような、取りこまれるような感覚に陥る。

この目で見つめられると、何もかもを投げ出し、この男を狂おしいほどに抱きしめたくなる。足許にひれ伏したくなるような衝動にかられる。

「おまえを私のものにしたい」

サエキはぞっとするほどに恐ろしい言葉を口にした。

アレクセイは知らず、背筋を震わせる。

「私を抱くか?」

喉《のど》の奥にからみつくような甘い声に、アレクセイは理性の弾《はじ》ける音を聞いた。からかっているのか、確かめようとしているのかは知らない。それすらも判断できないほど、アレクセイは強い衝動にかられた。

ぎりぎりのところでそんな衝動をこらえ、アレクセイは男の白いこめかみに、頰に、そして、わずかに動きかけた唇に、順々に唇を押し当てた。

サエキは抗《あらが》いもせず、かといって応えることもせずに、キスの間、伏せかけていた目を開き、まっすぐにアレクセイを見つめる。

この瞳から、逃れたい。

だが同時に、自分にものにもしてしまいたかった。

「…私を軽蔑しますか?」

サエキの額に自分の額を押し当て、アレクセイは半ば欲情にかすれかけた声で尋ねた。

「なぜ?」

低く尋ね返すサエキの声は、呟くようだった。

「こんなにも、あなたを欲しいと思っているから…」

アレクセイの首に回した腕に力を込め、サエキはまるで誘うかのようにかすかに唇を開いた。

アレクセイは男を抱き上げたまま唇を合わせ、深くその舌を貪《むさぼ》った。

毛布ごと、サエキの身体をベッドの上に下ろし、開いたドアから差し込む居間からの明かりだけで、アレクセイはサエキの身体を抱いた。

その身体を横たえ、着衣をはぎ取ると、白い、綺麗に引き締まった若い男の身体が露《あら》わになる。

衣服をはぎ取られた時の反射的な反応なのか、サエキは膝を立て、腕でわずかに胸許を隠そうとした。しかし、その色素の薄い、平らかな胸に逆にそそられて、アレクセイはサエキの腕を押さえつけ、色味の薄い突起にむしゃぶりつく。

舌の先で転がすようにすると、アレクセイに上から両腕を開くように押さえつけられたサエキの身体が、弾むように仰《の》け反った。

よほどそこが敏感なのか、小さな聞き取れない言葉を洩らし、サエキが歯を食いしばるのが見えた。

それと同時に、まだ着衣のままのアレクセイのデニムに、反応しかけたサエキのものが触れる。

驚くほど感度のいい反応に、サエキはそれすらも恥じるように下肢を引き、脚をよじって露わになったものを隠そうとする。

アレクセイは故意にその膝を割り、固いデニムの布地でサエキ自身を嬲《なぶ》るようにした。

「…アーシャ…」

サエキは涙目でアレクセイの髪を引っ張り、それがたまらないと訴えた。

アレクセイは思わず手を伸ばし、サエキ自身を握りしめていた。うっすらと湿ったそこはすでに熱を帯び、手の中でぐんと弾力を増す。

胸の先端を舌で強くくじるのと同時に、逆に勃ち上がりかけのものはゆるゆると嬲る。

「…っ、…っ！」

たちまちサエキ自身は、隠しようもないあからさまな形へと変化した。

この男は昂《たかぶ》ってゆく間も声を押し殺し、吐息のような熱っぽい喘《あえ》ぎを洩らすのだと、アレクセイは初めて知った。

それでもさかんに堪《こら》えきれないように身をよじり、声をかみ殺して、喉の奥からすすり泣くような声を洩らす。

普段の怜悧《れいり》なイメージとは程遠い、慎ましく艶《なま》めかしい喘ぎにかえって煽《あお》られて、アレクセイは夢中でサエキの身体を嬲った。

「サエキ…」

名前を呼ぶとサエキは苦しそうに眉を寄せながら、もう弾けそうなまでに反りかえったものを口に含んで欲しいと、普段の冴《さ》え冴《ざ》えとした顔からは考えられないような行為を、切れ切れの声で哀願した。

口の中に含んでやると、うわずった小さな子供のような泣き声が、甘く酔ったようにその喉の奥から零《こぼ》れる。

「いい…、あぁ…」

何度も歯を食いしばり、アレクセイの髪をつかんで、より深く喉の奥に含んでくれとせがみ、サエキは堪えきれないように腰を揺すった。

その卑猥《ひわい》な仕種がたまらなくて、アレクセイは喉の奥のものを強く吸い上げ、サエキの羞恥《しゅうち》を煽るようにさらに両脚を大きく開かせた。

「…いくから…、ぁ…、いくから、離せ…っ」

顔を片腕で隠し、喉の奥から切れ切れの悲鳴にも似た声で、下肢を大きく開かされた男は痴態を恥じるように哀願する。

アレクセイは自分でもこんなサディスティックな一面がどこに潜んでいたのかと驚きながら、なおもサエキの両脚を大きく左右に開かせたまま、口腔内のものを強く吸い上げた。

サエキの下腹とほっそりとした腰が何度か細かく痙攣《けいれん》したあと、甘く濡れたような小さい悲鳴と共に、生暖かい、どろりと生臭いものが口の中に広がる。

それが何なのか意識しながらも、アレクセイは夢中でそれを飲み下していた。

サエキはまだどこか酔いから冷め切らない陶酔した様子ながらも、どこか信じられないような表情を見せる。

「…よかったのか?」

そんなものを…、と言いかけるサエキの前で、アレクセイは邪魔な服を脱ぎ捨てる。サエキが目を見張りかけ、次にはそんな自分を恥じるように目を逸らすのを抱き寄せ、アレクセイはその身体に覆い被《かぶ》さっていった。

サエキの思いもしない可愛らしい反応に刺激され、すっかりと固くなったものを、しどけなく開いたままのサエキの脚に押しつける。

サエキは押しつけられたものの大きさ、質感に驚いたような顔を見せ、やがては目を伏せ、ためらいがちに手を伸ばしてくる。

そのほっそりとした指に握られると、アレクセイは自分がさらにぐんと力を増すのを感じた。

サエキは濡れたような目でじっと手の中で脈打つアレクセイを見たあと、上下にゆるやかに愛撫《あいぶ》しながらアレクセイと体勢を入れ替え、ゆっくりとその脚の間に顔を伏せてきた。

普段は取り澄ましたような綺麗な顔を持つ男が、唇を開き、喉の奥へと深く自分を含む淫《みだ》らな様を、アレクセイはこの上もない昂りを感じながら見ていた。

アレクセイの大きさに少し苦しげな表情を見せながらも、サエキは落ちかかる金の髪をうるさそうにかき上げ、熱心にアレクセイを口と舌とを使って愛撫する。

子猫がミルクを舐《な》めるようなひたむきな仕種なのに、色味の薄い唇が濡れてめくれあがり、時折、赤い舌先がちらちらと口許から覗くのが、言いようもなく猥褻《わいせつ》だった。

猛々《たけだけ》しく弾んだものに喉の奥を突かれて苦悶《くもん》しながらも、金髪の美しい男は脚の間に顔を伏せ、なおも硬く反りかえったものをひたむきに舐め続ける。

その姿の淫らさと、巧みな技巧とに思わず達してしまいそうになり、アレクセイは歯を食いしばり、サエキの前髪をつかんで押しとどめた。

サエキは喘ぎ、濡れた目で尋ねた。

「私の中に…？」

サエキの言葉には驚いたが、サエキが前髪をかき上げながらベッドサイドのグリスの小さな容器の蓋《ふた》を開けた時、思わずその顎《あご》をとらえ、深く唇を貪っていた。

グリスの力を借りて、ゆっくりとサエキの狭い内部をまさぐることには、抵抗はなかった。

最初はいくらか眉を寄せていたサエキも、やがてグリスが粘りを増し、熱にぬらぬらと溶け出す頃には、表情を変え、わずかに開いた唇の間から濡れた息を洩らすようになった。

アレクセイの指一本を呑み込むことすら辛そうだった箇所も、徐々に熱を帯びるにつれてほぐれてくるのがわかる。指の動きに伴い、グリスの潤いを借りて耳を覆いたくなるほどに濡れた音を立てる。

アレクセイの指が二本、中でぬめりながら自在に動く頃には、ほとんど反射的に腰が動いているのか、サエキはアレクセイの首に腕を回し、首を仰け反らせ、懸命にこみ上げてくる衝動を堪えているようだった。

指に深々と内部を穿《うが》たれて喘ぐサエキを抱いていると、一刻も早く中に入りたいとはやる気持ちを抑えるのが大変だった。

腰を捕らえ、サエキを四つん這《ば》いに這《は》わせる頃には、興奮のあまり、その白い首筋に幾度か軽く歯も立てていた。

逃げられないようによじれる腰を押さえつけ、ゆっくりと時間をかけて結合を果たす。

熱く狭い、潤った粘膜の中に完全に自分を沈み込ませた時には、誇り高く美しい男を征服した喜びと、男がもたらすあまりの快感とにアレクセイの方も低く呻《うめ》いていた。

「…ぁ、…あぁ…」

細い声を洩らしながら腰を高く掲げさせられ、深々と貫かれたサエキはたまらなそうに尻をくねらせた。

好色な女以上のその痴態と強烈な快感とに、アレクセイも我を忘れる。

うつ伏した形のいいなめらかな白い尻の間に、濡れた音を立ててアレクセイの屹立《きつりつ》が深く沈むたび、サエキは身悶《みもだ》え、甘く切羽詰まった声を洩らす。

獣のような姿勢でこの美しい男とまぐわる自分に、どうしようもない興奮を感じる。

アレクセイが動くたび、普段は権高な様子さえある男が、甘い声を喉の奥からこぼしながら、堪えきれないように腰を揺すった。

「…っ、…っ、…っぁ！」

最後には声にもならない悲鳴を上げてシーツに縋り、何度も腰を細かく痙攣させて、サエキは二度目の絶頂を迎えた。

アレクセイもその身体を腕の奥深くに抱きとめ、何度も震えながら痛いほどに自分を締め上げる男の内奥に、自らを放った。


次の朝、アレクセイはカーテン越しに差し込む光に目を覚ました。

日差しの量がいつもとは違う…、とぼんやりとかたわらに目をやり、そこに金髪の頭があるのを見て、驚いて身を起こしかける。

すでに起きて、アレクセイの眠る様子を見ていたらしいサエキは、乱れた前髪をそのままに、半ばシーツに顔を埋《うず》めながら悪戯っぽく笑った。

「目が覚めたか？」

甘くなめらかな、いつものサエキの声だった。

「ええ…」

頷きかけ、アレクセイは何時ですか…、と時計を探した。

少し、照れくさいような思いもあった。

「八時半をまわったところだ」

「起きないと」

朝食の準備を…、と身を起こしかけるアレクセイを、サエキが制した。

「こんな朝も、たまには悪くない」

サエキはアレクセイの肩の上に頭を伏せてくる。

黄金色に輝く髪がふわりとアレクセイの視界に広がり、次には肩の上に落ちかかった。

「私の名はヒロト…」

何の前置きもなかったサエキの呟きは小さくて、危うくアレクセイは聞き逃すところだった。

「名前というのは…？」

「私がかつて、母親から呼ばれた名前だ。母は日本人だった…」

「ヒル…？」

「ヒロトだ。宥人《ひろと》と書く」

サエキはアレクセイの手を取り、何か字を書いて見せたが、アルファベットやキリル文字でないことはわかったものの、最初のひと文字目は見たこともない複雑な形のもので、逆に次の文字は、シンプルすぎてどんな字なのかはよくわからなかった。

「これは日本の文字ですか?」

「そう、中国や香港などでも使われている漢字だ」

しかし、サエキは特にその文字をアレクセイに覚えさせたいわけではないらしく、繰り返してはは書かなかった。

「ヒロトという名は、本来ならば私のエーリクに相当する名前、ファーストネームだった。アーシャやアリョーシャなどといった、愛称とは違う。愛称なら…多分、母親からは『ヒロちゃん』と呼ばれていたんだと思う…」

サエキは前髪をうるさそうにかき上げながら、平坦《へいたん》で耳馴染《なじ》みのない発音で、ヒロ…の音を繰り返す。

「もう、顔もほとんど覚えていない。色の白い人だと思っていたが、イギリスやソ連に来てみれば、もっと白い人間など山ほどいる。ただ漠然と覚えているのは、私を呼んだ声だけだ」

「…ヒロト…」

「そうだ」

サエキは枕に半ば頬を埋めながら、珍しく微笑んだ。

「どうして、私にそれを…?」

さぁ…、とサエキは首をかしげかけ、髪をかき上げながらまた薄く笑った。

「おまえに知っておいて欲しかっただけだ。私の中に残った、ごくわずかな本質…。国を渡り歩き、幾重にも姿を変え、名前を変えて、今はほとんど記録にも残っていない私…。今となっては、唯一私が覚えているだけの、私が私であった頃の…、かつて日本人であった時の名残だからだろうか」

サエキはふっとどこか遠いところでも見るように、視線を揺らした。

「いつか私がいなくなっても、おまえが覚えていてさえくれれば、そのわずかな記憶がおまえの中に残る…」

アレクセイはどこかなげやりにも聞こえるサエキの言葉に、顔を寄せ、その先を遮るように口づけた。

アレクセイに保身を最優先事項として教えながらも、時に身の破滅を招きかねないことをさらりと口にするサエキへの憂慮が、その先を聞くことをためらわせた。

最初は柔らかく唇を合わせて応えるだけだったサエキも、いくらかキスを重ねると、ゆっくりと舌を絡め、応えてくる。

「失礼かもしれないですが、あなたの外見はスラブ系の血を引いていないように見える…。むしろ、この間のパーティーでは生粋《きっすい》のアングロサクソンにも見えた」

唇を合わせる合間に呟くアレクセイを、それはもちろん…、とサエキは半ば上目遣いに見上げながら笑った。

「私が英国人の父親を持つせいだろう。今の私はソビエト国籍しか持たないが、この身体の中にスラブの血は一滴も流れていない。髪を金色に染めてみせれば、アングロサクソンである父方の見てくれが強く出る」

染める、という言葉に引っかかり、アレクセイは唇を離した。

「でも、とても美しいブロンドです」

昨日の晩、思うさまに抱きしめ、愛した身体は別段何の引っかかりもなく、生まれながらのブロンドに見えた。

「見てみろ」

サエキは言って、シーツをめくった。

「何を…?」

あわててサエキの下肢を隠そうとするアレクセイの手を遮り、サエキは下半身を露わにした。

朝の光の中で、柔らかな色味と形に戻ったサエキ自身が、褐色の淡い草叢《くさむら》の中でしっとりと息づいている。

毛量は男性にしては薄目で、白い肌の色がわずかに透いて見えるのが、どこか扇情的だった。

引き締まった下腹はなめらかで、とりわけ形のいい臍《へそ》にかけてすっと窪《くぼ》むあたりには、思わず手を伸ばしたくなるほどの美しさがある。

生殖器が本来持ち合わせる生々しさと裏腹に、全体的な身体の色素の薄さ、腹部から下肢、足の爪先《つまさき》までにいたる造形的なラインの美しさとが合わさり、確かに若い男の身体なのだが、なんともいえない艶めかしい眺めとなっていた。

正気に戻ってしまえば、男の下肢などグロテスクで注視に耐えないはずなのに、なぜかそこから目を離せなかった。

もう一度、そっとサエキ自身に手を触れ、少しずつ変わってゆく大きさと硬度を確かめ、再びあの甘い泣き声を聞いてみたいとすら思った。

「ブロンドの色味にもよるが、普通、今の私ぐらいの金髪なら、下もせいぜい麦わら色かヘイゼルぐらいのものだ。こんな濃い色味にはならない」

他人事《ひとごと》のように言いながらも、サエキは前をはぐった勢いとは裏腹に、さりげない仕種で下肢をシーツで隠した。

「私のもとの髪の色は、もっと目立たないくすんだ灰褐色だ。髪があの色に変わるだけで、私は恐ろしく目立たない、凡庸《ぼんよう》で冴えない存在になる。東洋のものとも、西洋のものともつかない、まるで出来損ないのように薄ぼんやりとした曖昧《あいまい》な存在にだ。もっとも、あのくすんだ地味な色味を薬品で染め出すことは不可能に近いから、髪を伸ばす以外にはもとの髪の色にも戻しようがないんだが」

「そのブロンドは染めて…？」

「そう、その方が何かと都合がいいからな…」

サエキは少し悪戯っぽく上目遣いに腕を上げて髪をかき上げ、やや露悪的に腋窩《えきか》を晒《さら》して見せた。

確かに言われてみれば、髪の明るく濁りのないブロンドの色味と、やや灰がかった褐色の体毛とでは、色味の系統が違う。

アレクセイは目を閉ざして深く溜息《ためいき》をつき、仰《あお》のいたサエキの上に覆い被さった。

「がっかりしたか？」

サエキの問いは、やや自嘲的ともいえる笑いを含む。

「やはり、本物のブロンドの方が好みか？」

触れあった下肢をわずかに引くようにされて、アレクセイは首を横に振った。

「Нет《ニエット》（いいえ）」

淡い色をしたサエキの乳暈《にゅううん》に口づけながら、アレクセイは甘くかすれた声でささやいた。

「たとえ、あなたの本当の姿が何であろうと、私はあなたを愛しています」

まだ初々しい色味を残した胸に口づけると、半ば埋もれるようだった乳頭はそのわずかな刺激にも濡れてぷっくりとふくらんだ。

そのけなげに立ち上がった乳頭を舐め上げると、かすかな声を洩らしながら、サエキはアレクセイの頭を抱き、ゆっくりと首をのけぞらせた。

まるでデパートのような大型ショッピングモールの食料品のコーナーで、アレクセイは大量に並んだ調味料の瓶《びん》や缶詰などの中から、いくつかを選んでカートに入れた。

食材や身の回りの品のほとんどがそろうスーパーや、客が店内を自由にまわり、好みの商品を順次入れてゆくカート、客がカートで運んできたものの値段を打ち込み、素早く支払いをすませるための店の出口に幾つも並んだレジスターといったシステムも、このベルリンに来てずいぶんアレクセイを感心させたもののひとつだった。

ここでは商品を買うために何時間も並ばされる必要もないし、逆にいかに効率よく客をさばくか、回転させるかを念頭に置いて店が作られていた。

店のシステム自体が販売者側ではなく、購買者側に立った造りとなっている。

結果的にはそれが人件費を抑え、店の販売にかかるコストを抑え、売り上げの増加につながるのだとサエキは言っていた。

これが資本主義というものかと、パスタソースの缶詰の表記を眺めながら、アレクセイはしみじみ思った。こうして自分の目で確かめると、国で教えられてきた資本主義社会とのギャップに驚く。

あの配給チケットを持たないと食料品を買えなかった国営食料品店に比べると——実のところは、チケットを持っていても物がなくて買えないことの方が多かったが——、雲泥の差だ。

缶詰やスナックなどの袋を手に取れば、数カ国語で成分や内容が表記されているのは当たり前で、調理方法までご丁寧に表記してあるものもある。中身もかなり美味いものが多い。特にイタリア製、フランス製のものは美味で、ほとんどはずれがない。缶詰といえば、魚介類の塩漬けぐらいしかなかったソ連製のものとは大違いだった。

パスタはサエキに教えられたものだが、手軽なことが気に入って、何度か作っている。

もっとも、サエキの教え方といえば、英語で書かれたパスタ料理の本を持ってきて手渡し、実際にイタリア料理店にアレクセイを連れて行って、何種類かのパスタを食べさせるという、けして手ずから作り方を教えるというものではなかったが…。それでも、アレクセイの作ったパスタを、ずいぶん嬉しそうに食べていた。

最近、食事の時だけ、普段はほとんど表情を変えないサエキが、わりにはっきりとした表情を見せるようになった。

美味《おい》しいとか、もう少し塩を控えめにしてもいいかもしれないとか、まだ言葉少なではあるが、何らかの感想も口にするようになった。

正直なところ、あまり食に執着のなさそうなあの男から、そんな言葉が聞けるとは思っていなかったので、それはそれで嬉しいものだ。

お前を私のものにしたい…という、サエキの言葉が今も耳に残る。

なんと甘美な呪縛《じゅばく》であることか。

あんなにも簡単に自分の理性が飛ぶなどとは、いまだにアレクセイの方が信じられないぐらいだった。

どこまで本気なのだろうかと思う一方で、徐々にアレクセイとの生活で気を許しつつあるサエキがたまに見せる素直な表情、素直な言葉に、惹《ひ》かれずはいられない。

本来なら、他人の心を操る手練《てだ》れであると本部から評価されていたサエキの、これがアレクセイを意のままに操る手管のひとつではないかと疑わなければならないのだろう。

実際、他人と身体の関係を持つことにあまりこだわりのなさそうなサエキの真意を、アレクセイはどこかで確かめようとはしていた。

だがそれ以上に、幼い頃の日本名をそっと教えたサエキ自身を信じていたかった。

いつか私がいなくなったとしても、おまえが覚えていてさえくれればいい、そのわずかな記憶がおまえの中に残る…、そう言ったサエキの声がいつまでも胸の奥に残っている。

疑おうにも、もう引き返せないところまで足を踏み入れているような気がした。

たとえ、サエキの真意が別のところにあるとして、いったい自分に何ができるというのか…、おそらく自分はサエキを裏切ることはできないだろうに…。

そんなことを考えながら、アレクセイがミネラル・ウォーターの棚の前にいると、ふいに背後から声がかかった。

『ミネラル・ウォーターなら、サエキは炭酸なしの方を好むわよ』

立っていたのは、ソフィアだった。

『ゾフィー』

アレクセイは思わず微笑んでいた。

今日のソフィアは、ジーンズにセーター、ショート丈のダウンといった格好で、髪もおろし、ずいぶんカジュアルな格好をしている。

メイクも控えめだが、そのせいかいつもよりもさらに若く見えた。

『ずいぶんと買うのね。男二人で暮らしてたら、外食がほとんどなのかと思ってたわ。自炊してるの？』

腕を組んでカートの中身を覗き込みながら、ソフィアは尋ねる。

『ええ、外食はあまりしない方かもしれませんね。結構、料理を作ってみるのも面白くて…、ここへ来てからレパートリーが増えましたよ』

『サエキは料理なんかしないでしょ？　あなたが作るの？』

ええ、とアレクセイは笑って答えた。

『よければぜひ、ご一緒にどうぞ。昨日は鹿肉が売っていたので、ザワークラウトと一緒に煮てみましたが、けっこういけますよ。ビールによく合います。今晩の分は、まだ十分ありますし…』

勧めてみたが、ソフィアは笑って首を横に振り、肩をすくめた。

『ご馳走《ちそう》になりたいのは山々だけど、サエキが私を家に入れるわけないじゃない。私がのこのこ入っていったりしたら、何か仕掛けに来たんじゃないかって疑われるのが関の山よ』

『そうですか…』

アレクセイは少し溜息をついた。

確かにサエキが黙ってソフィアを部屋に入れるとは思えなかった。どうしてもとソフィアを無理に招き入れたら、サエキの方が出て行ってしまいそうな気さえする。

『よければ、今度、私のアパートのキッチンを貸すわ。ご招待するから、ぜひ、美味しいものを食べさせて欲しいわ。もちろん、サエキ抜きでね』

そこだけ妙にたっぷりと含みを持たせ、ソフィアは笑った。笑っているが、サエキの名を呼ぶ時だけは、目が冷ややかになる。

『ええ、そのうちに…』

この二人の不仲はどうしようもないものなのかと思いながら、アレクセイは曖昧に頷いた。

その後、ミネラル・ウォーターとフルーツをいくつか手にしたソフィアと共にレジをすませ、アレクセイはスーパーのコーナーを出る。

『アイスクリームでも、食べない？　暖かなモールの中で食べるアイスクリームって、最高よ』

フルーツの入ったビニール袋を手に、ソフィアは誘った。

アレクセイは笑ってそれに応じ、吹き抜けになったショッピングモール内のベンチのひとつにソフィアを待たせて、スタンドショップのアイスクリームを買いに行った。

『甘い物は平気？』

美味しーい、と満足そうに二段重ねのアイスクリームに舌鼓をうちながら、ソフィアは尋ねる。

そんな風に満足げにアイスクリームを食べている様子は、もともとが美人である分、本当に可愛らしく見える。

『けっこう好きですね。そんなに大量には食べられませんが』

チョコレートチップがたっぷりと入った濃厚なアイスクリームを、ソフィアと並んで食べながらアレクセイは頷く。

『今日はこのあとも、ショッピングですか？　教授のところでの仕事は、今日はお休みなんですか？』

アレクセイの問いに、ソフィアは微妙な笑みを浮かべて見せた。

『…アレックス、用心することね。私があなたを待ち伏せしたとは、考えないの？』

『待ち伏せ？　そうなんですか？』

アレクセイが食料品を買いに出る店は何軒かあるし、ここは少しサエキのアルト・バウから離れてもいるので、あまり足を運ぶ回数も少ない。サエキにも、買い物に行くとは言ったが、どこの店に行くとまでは告げていないので、部屋の中を盗聴されているとは考えにくかった。

それとも、アパートを出たところからアレクセイの後をつけ、何食わぬ顔でここへと現れたのだろうか。

尾行には気をつけているつもりだが、正直、ソフィアを相手にしてかなうとは思っていなかった。

男よりも女性の方がぶらぶら歩いていてもあまり目につかないし、ファッションや髪型、化粧などで雰囲気ががらっと変わってしまうので、男の目から見ると見分けがつきにくい。サエキの時もそうだったが、キャリアも違う。

今日もソフィアの方から声をかけられるまで気がつかなかったというのが、本当のところだ。

ソフィアは否定も肯定もしない。

ただ、わずかばかりに肩をすくめただけだった。

たまたま偶然に行き会っただけなのかもしれない、それとも、アパートを出たところからつけられていたのに、気がつかずにここまで来てしまったのだろうか…、とアレクセイはこの件をあとでサエキに報告したものかと迷った。

『サエキとは、もう寝た？』

女の不意の問いに、アレクセイは驚き、思わずソフィアの顔を注視していた。

まともに目が合い、慌てて視線を逸らしてみたものの、とっさにどんな顔をしていいかわからなくて、結局は手で何度か髪をかき混ぜ、溜息をつく。

とぼけた方がよかったのかもしれないが、最初に尋ねられた時点ですでに見抜かれていたように思う。

ソフィアは笑った。

『嘘のつけない人ね、アレックス』

悪戯をした子供をやさしく咎《とが》める保母のように穏やかな口調で、ソフィアは吹き抜けになったショッピングモールの天井を眺めた。

『サエキには気をつけなさいって、言ったじゃないの』

『なぜ、そんなことを…？』

一応、肯定という形はとらないまま、アレクセイは尋ね返した。

『なぜかしらね、こういうことは鼻が利くの』

『勘みたいなものですか？』

『そうね、それもあるけど…。ずいぶん、サエキの方があなたに執心しているようだったから、もし、サエキが本気であなたを自分のものにしようとしてるなら、多分、あなたは逃げられないだろうと思っただけ。…でも、それを教授やダビッドには気づかれないようにしなきゃだめよ』

ソフィアはベンチの背に腕を回し、顎を引くようにしてアレクセイを見た。味方なのか、そうでないのか、とにかく不思議な存在の女ではある。

『いい天気ね』

そのままソフィアは、ガラス張りとなった吹き抜けの天井部分を見上げる。

『こんなに恵まれてのんびりできる場所があるなんて、ソ連にいた時は思いもしなかったわ』

そんなソフィアの言いように、アレクセイはふと引っかかる。

『そうなんですか?』

『そうよ』

ソフィアは初冬の穏やかな日差しが差し込む高い天井から目を戻し、微妙に口許を歪めて見せた。笑いにもならない微妙な感情が、そこにはのぞいているように思えた。

『ここへ来た時、このベルリンの街にいられるなら、何だってする…って、そう思ったわ』

ソフィアはバッグを探り、煙草を取り出す。そして二本の指に箱を挟み、ぞんざいにも見える仕種で振って見せた。

『いい?』

『どうぞ』

指先のネイルが、今日はずいぶん赤く派手なものだった。

『だって、何だってそろってるのよ。誰も私を監視していないし、誰もが好きに思ったことを話してる。そりゃあ、ナチスのことは今もタブーだろうけど、でも、話したからってどかに呼ばれて尋問を受けるわけでもない。新聞や雑誌にはいろんな情報が溢《あふ》れていて、その中から自分が正しいと思ったものを選ぶことができる。あの馬鹿馬鹿しいほどに雁字搦《がんじがら》めの情報統制が、嘘のようだわ。なんて自由な国…』

そういって、ソフィアは煙草に火をつけた。

『…って思ったけど、実のところはそうじゃなかった。国から出ても、質《たち》の悪いヒモみたいにどこまで行っても生まれた国がついてくる。利用できるものはとことんまで利用する…、それこそ骨の髄までむしゃぶりつくすっていうのが、あの国のやり方なんだってのがわかっただけなんだけどね』

サエキ同様、ソフィアが平気で反体制的な言葉を口にするのに、アレクセイは驚いていた。

『その発言は危険じゃありませんか?』

ソフィアは薄く目を細めた。

『あの国が、私たちに何をしてくれたっていうの? 二人のイリイチ(レーニンとブレジネフ書記長）やスターリンが私たちを食べさせてくれた？　西側諸国と同じレベルの生活を保障してくれた？』

声のトーンを抑えているものの、その語調はずいぶん激しいものだった。

『答えはノーよ。奴らは私たちから奪って、奪って、奪って、まだ奪い足りないっていうのよ。あんな監獄以下の場所に戻るぐらいなら、死んだ方がましよ！』

家族か友人などの身近な人間、あるいはソフィア本人もが弾圧を受けた過去があるのではないかと思われるような、激しい口ぶりだった。

ソフィアはいったん口をつぐむと、やがて、ふーっ…と煙草の煙を吐き出しながら、視線を泳がせるように上を仰いだ。

『アレックス、あなた、情報員の末路はどんなものだか知ってる？』

ソフィアの問いに、いいえ…、とアレクセイは首を横に振る。

『情報員であることを知られて逮捕される者、裏取引に使われる者、自分の知るすべての情報を交換条件に亡命する者…。自殺を図る者も、けして少なくはないのよ。孫に囲まれてのんびり平和に年金暮らしなんて、ほとんどないに等しいわ』

場合によっては、家族と再会のかなう日が見当もつかぬほど先になるとサエキにほのめかされ、腹をくくりつつあったが、そんな遠い将来の自分の行く末までは具体的に想像していなかったアレクセイは、ソフィアの言葉に愕然とする。

『サエキがあなたに惹かれるのはわかる。だって、私たちは怖いぐらいにひとりひとりが孤独な存在だから…。情報員同士は普通の組織の同僚と違って、誰にも心を許せない。それが直接的であれ、間接的であれ、どこの誰がいつ敵に寝返り、敵の庇護《ひご》ほしさに自分の正体をばらすかもしれない。誰かの裏切りがなくとも、西側の諜報組織に情報員データが盗み出されるかもしれない。もし、そうして私たちがどこかの情報部、あるいは公安組織などにある日、何の前触れもなく捕らえられたとしても、国は私たちをまず守ってくれないと考えておいた方がいいわ』

さっきの言葉の激しさとは裏腹に、淡々とした口調でソフィアは語った。

『それに…、あなたもそうでしょうけど、国に残った家族にも自分の任務を話せないし、仮に家族を伴って来ていても、自分の妻や夫にさえ、自分の仕事内容について明かさない情報員がほとんど。何も知らなければ、家族が連座して捕らえられることもない。罪に問われることもない。それが、私たちにとっては唯一、家族を守る方法でもあるから…』

でも…、とソフィアは目を伏せる。

『でも…、言い換えてみれば一緒に暮らしている家族にすらも、本当の自分を見せないこと、何年も何十年も家族を欺き続けることにもなる…』

ソフィアの表情は、たまにサエキが見せるあのどこか放心したような表情に似ていると、アレクセイは思った。

『考えてもみて、自分の一番親しい相手…、友人、あるいは血を分けた家族にさえ、本当のことを告げられない孤独…。それが五年、十年、二十年、三十年…、くる日もくる日も、途方もなく長い間続くの。…どれだけ強い人間でも、やがては疲れるわ…』

ソフィアは溜息をつくと、わずかに唇の両端をあげてみせた。

『今は平気でも、あなたにもいつかはわかる日がくる。やがて少しずつ身体を蝕《むしば》む病魔のように苛《さいな》まれ、死を選んだ過去の情報員たちの気持ちが…。たとえ、自分がそれに囚《とら》われずとも、そうせざるを得なかった人間の気持ちが、ある日、瞬間的に理解できる日がくるわ。弱い人間だと嗤《わら》うことのできなくなる日が…』

ソフィアもその孤独を知る人間なのだろうかと、アレクセイは思った。

そして、サエキ自身も…。

V

アレクセイはサエキに伴われ、アパートから少し離れた郵便局にいた。

そこはかなり大きめの郵便局で、サエキは週に二度程度、ここの窓口で局留め郵便を受け取っていると言った。

アパートに直接送られてこない郵便というのがずいぶん意味深な気がしたが、アレクセイはあえてそれを口にしなかった。

サエキはあいかわらず、謎の多い男だ。それは肌を合わせた後も変わらない。どこかでサエキが気を許したような気はするものの、かといって態度がいきなり親しげなものに一転するような男でもないので、アレクセイも一定の節度を持って接している。

しかし、サエキとの間のこの適度な距離感、サエキによる支配関係はアレクセイにとっても、ずいぶんと心地いいものだった。

サエキは受け取った封書の差出人をざっとチェックした後、中のひとつをその場で開封した。

一見、ごく普通の封書に見えたが、サエキは中の手紙に目を通すと、アレクセイを伴って郵便局を出た。

サエキはバスを乗り継いで、ポツダム広場に近いベルリン国立図書館へと向かった。

ベルリン国立図書館は、西ドイツ近代建築を代表する建築家によって設計されたというモダンな建物だった。数年前に開館されたばかりという建物の内部は、まだ真新しい。

外観はどかんと横に大きなコンクリートの固まりがいくつか寄せ集められた印象の建物だったが、中に入ってみると、閲覧ホールは二階から四階までいっきに吹き抜けになっており、間仕切りもほとんどない斬新な造りだった。

建物にはガラスやトップライトが多用され、階段は吹き抜けに浮かぶような形に作られている。無骨な外観とは裏腹に、中に入ってみるとずいぶんと大きく開けた、明るく洗練された空間だった。

そこでは若い学生から老婦人まで、多数の市民が自由に本を閲覧している。用意された机のひとつひとつにライトがつき、ずいぶんと使い勝手が良さそうだ。

従来の図書館のイメージをまったく覆すような開けた新鮮な空間に驚きながら、アレクセイはサエキに伴われて階段を上がり、まだ新しい図書館の二階のカフェテリアにむかった。

中に入ると、サエキは二人分のコーヒーを買い、迷う様子もなく広いカフェテリアの一角で、サンドイッチを食べている男の隣へと座った。

サエキが隣に座ると、男は既知の関係であるかのように、やぁ…、と笑った。

歳《とし》は四十前後だろうか。眼鏡をかけた研究者タイプの真面目そうな男だったが、初めて見る顔だった。

骨格の大きなドイツ人のご多分に洩れず、縦横にがっしりとした大柄な男で、それに合うかっちりとした仕立てのスーツを着ている。

男はサエキの隣に座ったアレクセイにも、見かけに似合わぬ温厚な笑みを浮かべ、軽い会釈を送ってよこした。

サエキが特に二人を紹介しようとする様子もないので、アレクセイはとりあえず会釈を返すにとどめる。

「調べものはすんだか？」

サエキの英語の問いに、男はもちろん、と頷く。

「別に何ということはない。僕と部署は違うが、我々側の人間だったよ」

我々側というのが妙に意味ありげな気がして、アレクセイは後ろの学生たちの話し声に紛れがちな二人の会話に耳をそばだてる。

男の話す英語にはかなりのドイツ語訛《なま》りがあるので、まずこの男はドイツ人だろうとアレクセイは思った。

「クルーニーという男は、ただのゴシップ誌の記者だと聞いているが…」

先日、イギリス大使館のパーティーで声をかけてきた男の名に、アレクセイは慎重にサエキの顔を盗み見た。

別段、サエキはいつもと変わりのない、淡々とした表情と物腰だった。

いや…、と男は笑う。

やはり温厚な笑い方で、特にこちらを馬鹿にしているふうもない。

「それは君たちの情報が甘いか、さもなければ何らかの作為があって、事実を君に伝えなかったかだ」

「…後者かな？」

「さぁ、今の時点では何とも言えんね」

男はにこにことコーヒーを口に運んでいる。

この男は…、とアレクセイは思った。

君たち、我々側…、という言葉から考えてみても、情報という言い方からしても、おそらく西側情報部サイドの人間だ。

「クルーニーがそこの彼に接触しようとした理由も、部署違いなのであまりよくわからないんだが、僕は彼がこのベルリンにやってきたこと自体が、最初からクルーニーたちの筋に流れてたんじゃないかなと思ってる」

そこの彼…、とアレクセイの方を見やり、男は重ねてアレクセイに微笑みかける。

あきらかにアレクセイのことを言っているのだとわかるが、その人好きのする温和な笑みのせいか、なぜか悪い気はしない。

もちろん、これはまだ推測の域に過ぎんがね…、と男は言う。

「こちらも利害関係が一致しない限り、他部署のクルーニーに確認はできないが、大筋、僕の推測はあたっていると思うよ。多かれ少なかれ、彼にもう一度、クルーニーからの接触があるんじゃないかな？　多分、かなり友好的な扱いで…」

彼…、と言う時に再び、アレクセイの方へと視線を動かし、男はさらに一口、コーヒーを口に含んだ。

その自分への視線の動かし方に嫌なものは感じなかったが、これまでの話の流れから見ても、アレクセイはこの男が西側情報部の人間であるという自分の想像は、ほぼ間違いないだろうと思っていた。

そんな男に、あえてサエキが接触する意味…、それをアレクセイに隠そうともしない意味…、アレクセイの頭の奥で警鐘が響く。

「それじゃあ、僕はもう行くよ」

男はトレイを持ち、席を立った。


図書館からの帰りの地下鉄の中でアレクセイは、ずっと黙り込んでいた。

以前から薄々、サエキの言動には危険なものが潜んでいるとは思っていたが、今の見知らぬ男とのやりとりを見ても、間違いなくサエキは西側と通じている。

しかし、サエキはどうしてアレクセイにそのことを隠そうともしないのか、わざわざ自分の正体がばれるような場所へとアレクセイを連れて行くのか、そして、なぜアレクセイの目の前で、平気で西側の情報部らしき男と接触するのか…、それがアレクセイには理解できなかった。

否、理解はできていたが、その意図をはっきりと確認することが恐ろしかった。

黙り込んでいるアレクセイをどう思ってか、地下鉄の中で並んでシートに座っていても、サエキはいっさい声をかけてこなかった。

そうなると、いっそうこの男のポーカーフェイスぶりが恨めしい。

「あなたに伺いたいことがあります」

部屋に戻ると、アレクセイは入り口で上着を脱ぐサエキに言った。

「何だ？」

サエキは、最初に会った時にかけていたあのオーバルの眼鏡を取りながら、アレクセイの反応をすでに知っていたかのように笑う。

そんな余裕のあるサエキの表情にアレクセイはしばらく言いよどみ、やがて切り出した。

「以前から薄々思っていたのですが、あなたは西側の…？」

サエキは薄く笑い、アレクセイが言葉を濁した先をはっきりと口にした。

「二重スパイかと？」

そして、上着を身につけたままのアレクセイを奥の居間へと促し、先に立って歩きながら逆に尋ね返してきた。

「そうだとしたら、おまえはどうする？　本部に報告するのか？」

サエキは振り返り、アレクセイの目の奥を覗き込む。

初めてサエキと本屋で会った時のように、淡いブラウンの瞳の奥がグリーンの色彩を閉じこめたかのように、ちらりと濡れて光った。

その瞳に、アレクセイの胸の奥まで覗き込まれ、見透かされたような気がした。

いいえ…、とアレクセイは首を横に振り、言葉を濁す。

極秘裏に言い渡された任務への重圧、祖国に残る家族への愛情、サエキへの恋慕…、比べようもない様々なものがどっと押し寄せ、それぞれの重みや責任、それに伴う義務感などに押しつぶされそうで、胸が苦しい。

「いいえ、報告するつもりはありませんが…」

そんなことができようはずもないとすでに知っているくせに、あえて確かめるように尋ねてくるサエキが、今は恨めしくさえあった。

「だが、残念ながら、私は二重スパイなんかじゃない」

その返事に、祖国を裏切らずにすむと、アレクセイはほっとして表情をゆるめた。

今の国の体制がどうであれ、アレクセイにとっては生まれ育った、そして家族や友人達の待つ、今も十分に愛すべき祖国だった。

しかし、サエキはそのまま言葉を続ける。

「スパイはあくまでも、誰かに使われて動くものだ。私は私自身の信念で、こうして動いている」

まさか、という思いと、やはり…、という思いとがアレクセイの中で交錯する。

サエキは大胆にも笑った。

「私の目的は、すでに芯まで腐敗しきった、ソビエト連邦という巨大な化け物を解体すること」

アレクセイは低く喘いだ。

「なぜ…？」

アレクセイは軽い目眩《めまい》を感じ、上着もつけたままでソファーに座り込み、頭を抱える。

「なぜ、そんな恐ろしい話を私に…？」

恐ろしくて、そこから先の話を聞きたくなかった。

「なぜか…だと？」

やさしげなサエキの声が、その甘さとは裏腹の冷酷さを孕《はら》む。

「おまえだって、このベルリンに足を踏み入れた時に知ったはずだ、あの暗く停滞した重苦しい国と西側との、あまりにも歴然とした差を。もう、あの国はどうにも立ちゆかなくなってるんだ。もはや誰もが信じていない建前だけの理想郷、化石化したイデオロギーを盾に、何の根拠もない無謀な計画数字だけを弾き、それを国民に押しつけてくる。硬直化してすっかり官僚どもに私物化された組織、疲弊しきった財政、破綻《はたん》した経済など、国としての滅亡はもう目に見えるほど明らかだというのに。それでもあの国は破滅の淵《ふち》へと進み続ける。巨体をもてあまして方向転換することもできない、鈍く愚かな象のように。周辺の衛星国さえも道連れにして」

「何を言ってるんです、サエキ…」

アレクセイは頭を抱えたまま、呻く。

そんなことは十分に承知している。承知してはいるが…。

「苦しむな、アーシャ、あんな国のために…」

サエキはいたわるように、アレクセイの肩に手をかけた。

サエキのやさしい声は、恐ろしく残酷なものにも聞こえる。

「おまえがいくら悩み苦しんでも、我らが祖国と呼ぶべき国は、人民のためには何もしない国だ。ただの一個人ばかりとは言わない。たとえ、犠牲者が何百、何千、何万という数にのぼろうと、国益のためにはいっさいを黙殺、そして粛正してきた国だ。黙殺し、あるいは二度と帰れぬ僻地《へきち》の強制収容所に封じ込めて、ただひたすらに自己の支配力を膨れあがらせることばかりを考え続けてきた国だ」

知っている、知ってはいるが…、とアレクセイは喘いだ。

だが、それでもアレクセイにとっては生まれ育った国、自分の存在する基盤ともなっている国である。それを根本から壊してしまってどうするのだと、アレクセイは途方に暮れる。

どんなに疲弊し、形骸化《けいがいか》した祖国であろうとも、それが解体し、消滅することなど、そして、そのあとのことなど、想像もつかなかった。

「苦しむな」

サエキはぽつりと言った。

「苦しむな、あの国民のためには何もしてくれない国などのために…」

サエキはアレクセイの肩に手を置いたまま、静かに言う。

「別にソビエトだけに限った話じゃない。どこの国に対しても、国が個人を守ってくれるなどという幻想は抱かないことだ。イギリス、フランス、アメリカ、ドイツ…、どこの国だって、国は組織として機能し始めたとたん、それ自体がひとつの大きな生き物のように意思を持ち始める。そうして意思を持ち始めた国は、やがて自分を守るために個人を殺すことなど、何とも思わないような一個の無慈悲な化け物と育ってゆく。一個人の利益などよりも、まず、国の利益を優先するようになるんだ」

サエキの言葉は、どこかソフィアの語る言葉に似ていた。

身じろぎしないアレクセイをどう思ったのか、サエキは身をかがめるようにして、アレクセイの耳元にささやいた。

「おまえがそうしたければ、私のことは本部に連絡してもいいぞ。止めはしない」

アレクセイがそれをできないことを知りながら、サエキは甘いトーンのままで、ぞっとするほど冷徹な言葉を吐く。

アレクセイは困惑しながら、目の前の男を見上げた。

もう、アレクセイがすでに大きくサエキという男の魅力に囚われていることを知りながら、命じられれば、サエキの前に身を投げ出すことを知りながら、サエキはなおも残酷に、このような言葉を吐く。

「…いいえ」

アレクセイは、力なく首を横に振った。

「…いいえ、報告はしません」

「それが…、私に対する監視と、その行動についての報告…、それこそがおまえがここへやってきた目的じゃなかったのか、アーシャ。知っていて口をつぐむのか？」

サエキの声は、どこまでも甘く蠱惑的《こわくてき》で、やさしげなものだった。

「知っていて、これからの私の行動にはいっさい目をつむると？」

「いいえ」

アレクセイは、観念して目を伏せた。

「いいえ、私はあなたに従い…、祖国を裏切ることになるでしょう」

まだ頭は混乱しているのに、唇は意思のあるもののように勝手にサエキに答えている。

それとも…、とアレクセイは思った。

それとも意思の方はすでに固まっていて、アレクセイの心の方だけが、まだ状況を認識しきれていないだけなのだろうかと…。

「私は…、あなたのそばにいたい」

アレクセイは、自分の声を他人のもののように感じながら、すがるように目の前の男を見上げた。

ならば…、とサエキは言った。

「ならば、跪け。そして、誓え」

いつものように気怠《けだる》い、それでいてどこか恍惚《こうこつ》としたような酔いのある声で、男は命じた。

「私に従うと…。国家にでもなく、神にでもなく、この私に」

何と残酷な真似を強要するのだろうと目眩を感じながらも、アレクセイは言われるがままにふらふらとその場に膝をつく。

そして、目の前の男の腰を強く抱いた。

「Да《ダー》…（はい）」

アレクセイは低く答え、男の手を取り、その指先に口づけた。

全身が倒錯した喜びに満たされるのがわかる。

「あなたを愛しています」

もう、おそらく逃れられないのだと、この男からは離れられないのだと観念しながら、それでもアレクセイはこの男の腰をかき抱くことを許された幸福に酔った。

「サエキ、私の生涯をかけて…」

サエキの指が、アレクセイの髪に深く差し入れられる。

「あなたに永遠の忠誠を…」

サエキはアレクセイの髪を撫でながら、満足げに微笑んだ。

この日のことを、この男の腰を抱いた瞬間の甘美、この男の支配を受け入れると誓った恍惚を、生涯忘れることはあるまいとアレクセイは思った。

四章

I

一九八×年の四月、ベルリンの空は今日も曇っている。

高い天井からはこの古めかしいアパートに見合った、立派な飾り房のついた重厚なモスグリーンのベルベットとレースのカーテンが下がる。

そのカーテンの隙間からは、このアパートと同じ戦前からの古い石造りの向かいのアルト・バウの屋根と、どんよりとした雲とが見えていた。

流れるレコードはサエキのかけていった、西ドイツが世界に誇る歌姫のエリザベート・ローマンの出したポピュラー曲集だった。

今が盛りの円熟した声を持つソプラノ歌手だが、その声は世間一般のソプラノ歌手に多い耳をつんざくばかりの甲高いものではなく、どこまでも澄んでいる。そして母親の子守唄のように優しくなめらかで、耳に柔らかく心地いい。

エリザベートはさらにその声に見合った繊細な感情表現も巧みで、甘い部分は砂糖菓子のように甘く、慈愛に満ちたところは海のように広く深い愛を感じさせる、稀有《けう》な美声の持ち主だ。

サエキが愛してやまない歌姫のひとりであることは、ここ半年ほど一緒に暮らしてよくわかった。

アレクセイ自身もこのエリザベートのレコードがかかると、思わず耳を傾けてしまう。欲に濁りかけた心を澄んだ雪解け水のように洗い、第二次大戦後、望まずして東西に裂《さ》かれ、憂鬱に閉ざされる灰色のベルリンの街にも一条の希望の光を差すような、聞く者の胸奥深くを揺さぶらずにはいられない声だった。

どこまでも高く柔らかくのびてゆく歌姫の美声に、アレクセイは我知らず包丁を握っていた手を止めた。

ここ半年ほど、アレクセイがこの西ベルリンの街に来てからというもの、澄み切った青空というものを見たことがない。

ベルリンの空は晴れていたとしても、いつも微妙に灰色がかったどこか煙ったような色をしている。

サエキはそれを、アレクセイがまだベルリンの夏を知らないせいではないかと言ったが、実のところはどうなのだろう。

むろん、時期的にどんよりとした冬の空を数ヶ月にわたって長く見ていたせいもあるが、冬が長く色彩を欠くことにかけては、祖国ソビエトの方がまだ上だ。

アレクセイはこの街の空がいつも曇っている理由のひとつに、ベルリンの街が重工業を国の主産業とする東ドイツ国内の真《ま》っ只中《ただなか》にあるせいではないかと考えていた。共産圏では環境問題などよりも、まず第一に計画生産性の方が優先される。西ベルリンを取り囲む東ドイツ国営の巨大工場から大量に排出される煤煙《ばいえん》が空を覆い、この西ベルリンの空の色をも曇らせているように思える。

半分は日本人の血を引いているというサエキは少年期をイギリスで過ごしたせいか、こんな程度の空色はイギリスでは十分にありがたいものだと笑う。

日本、イギリス、ソビエト、香港、…と、本人の意志とは裏腹にいくつもの国を渡り歩くことを余儀なくされた複雑な過去を持つ男にとっては、たとえささやかなりとも自分の気ままに過ごす自由のあるこの西ベルリンの街は性に合っているらしい。

空の色など、まったく苦にならないとサエキは言った。

アレクセイも、祖国に比べればはるかに自由奔放で活気溢れるこの西ベルリンの街は嫌いではない。

何をするにも自分で責任を負う限りは自由で、監視の目を気にかけることもない。日々の新聞やテレビ、ラジオや書籍などから情報は氾濫《はんらん》し、望みさえすれば一般の市民であっても、膨大な量の情報を得ることができる。

むろん、情報の中身については事実に即した報道から眉唾《まゆつば》物のゴシップまで玉石混淆《ぎょくせきこんこう》といった状態だが、どの情報を信じ、どれを信じないかは受け手の自由だった。

情報統制が厳しく、国民にとっては数少ない情報源である共産党機関誌の『真実《プラウダ》』にはけして真実は載らないとまで陰口のたたかれているソビエトでは、到底考えられない贅沢《ぜいたく》な環境だ。

しかしその一方で、時々むしょうに故郷レニングラードのネヴァ川の上に広がる、あの透明感のある美しい空の青が恋しく思える。

この時期特有の澄みわたって目に痛いほどの青空は　今も瞼《まぶた》の裏に容易に思い浮かべることができる。もう少しして五月の末ともなれば、白夜特有の神秘的な茜《あかね》と紫の入り混じった複雑な色合いも楽しめる。

白夜ばかりでなく、低く灰色の雲のたれ込めた長く陰鬱な冬の空でさえ、故郷レニングラードの街は絵画的に美しかった。

今さら里心でも出てきたのかと、アレクセイは曇った窓の外をもう一瞥《いちべつ》すると、再び朝食の準備のためにタマネギを刻みはじめる。

一方、同居人であるサエキはここのところはずっと機嫌がいい。

今朝もサエキには珍しく早めに起き出してきたと思ったら、レコードに合わせ、鼻歌交じりにバスルームを使っている。

普段の態度もあいまって今ひとつ考えの見えない男だが、機嫌のいい時はこうして鼻歌を歌っているのを何度か聞いたことがある。

バスルームから洩れてくる歌声は、サエキが普段意識して使う甘い魅惑的なテノールに見合って、上へと無理なく柔らかく伸びる。

むろん、所詮《しょせん》は素人が軽く口ずさむ程度のことなので、声は上に伸びるほど細くなるが、たまに洩れ聞こえてくる歌はほとんどが覚えやすいポピュラーなものだ。淡々としたサエキの言動とは異なって、子守唄のように耳に心地いい。

時に流れていたラジオやレコードなどにあわせて、時には何かの作業をしている途中で気まぐれに何小節かがサエキの口からこぼれる程度のことだが、アレクセイはサエキがこうして何かを口ずさんでいるのを聞くのは好きだった。

普段、自分の考えをほとんど表に出さないサエキのごく人間的な一面、サエキが語ろうとはしない複雑な過去の一部分を垣間見《かいまみ》るようで、ほっとするような思いになる。

今思えば、アレクセイがこのアパートにやってきてすぐにサエキが意味ありげに『マイ・ファニー・ヴァレンタイン』を歌っていたのも、たまたまあの時、サエキの機嫌がよかっただけのことなのだとわかる。

今日の歌は英語に混じって、聞き慣れない言葉もいくらか入り交じっている。サエキのもうひとつの母国語である日本語の歌だ。

以前に何という曲なのかと尋ねたら、『ビューティフル・ドリーマー』だと答えが返った。

美しくシンプルな旋律で、曲も歌詞もすぐに覚えられた。てっきりサエキがイギリスで聞き育った歌なのだろうと思っていたら、アメリカ人の作った歌だと笑われた。

そして、そのすぐあとにサエキは真顔で、イギリス人がそれではまずいのだと呟いた。

翌日、アレクセイはサエキに何枚ものレコードやイギリスの歴史書、ここ数年の経済書などを渡され、頭にたたき込むように命じられた。レコードは世界的にも有名な民謡集、讃美歌、宗教曲から、西側諸国ではスタンダードに流れているロック、クラシック、映画音楽、イージー・リスニング、ジャズまで多岐にわたった。

文学と同じく、祖国ソビエトでは音楽などの芸術面においても徹底した統制が敷かれ、政府の意向に沿わないものは完全に弾圧されている。西側の退廃文化の象徴とされていたジャズやロックなどはとにかく、ソビエトで積極的に奨励されているはずのクラシックの中にも、アレクセイは名前すら聞いたことのない作曲家がいたことは驚きだった。

それを言うと、サエキはソビエト政府の奨励する音楽は、極端で保守的で偏っているんだと笑うばかりだった。

気まぐれで気分屋なところがあったが、サエキは指導官として、非常に優秀な男だった。日常生活における些細《ささい》な点からも、西側での生活においてアレクセイに欠けた知識を素早く見抜き、徹底してその補完に努めた。

サエキと共にこのベルリンのアパートで暮らすここ半年ほどの間に、アレクセイはさらにイギリス人として暮らすに必要な一般的知識を教え込まれた。

「アーシャ」

聞く者を魅了する、蜂蜜《はちみつ》のように耳になめらかな声にさらに独特の甘えを覗かせ、男がアレクセイを呼んだ。

洩れ聞こえてきた鼻歌ばかりでなく、甘えるような声の調子からも、今日は格別サエキの機嫌のいいことがわかる。

振り返ると、この水の貴重なベルリンでたっぷりと時間をかけて入浴をすませたサエキが、バスルームのドアから顔を覗かせている。

まだ髪を十分に拭《ふ》いていないのか、華やかな金髪から滴る水滴がポタポタと床のモスグリーンの絨毯《じゅうたん》の上に染みを作るのには、いっこうに頓着《とんちゃく》した様子もない。

目に心地よいもの、耳に心地よいものを好むわりには、このサエキという男はあまりフィジカル面で何かに強く執着する様子はない。これはサエキが、少年期を日本やイギリスといった資本主義国で育ったがゆえのおおらかさなのだろうかとアレクセイは考えてみる。

この西ベルリンに来てみて思ったが、日々の生活においての根本的な物質量、消費量というのが東と西とでは違いすぎる。情報も溢れているが、西側では物も店頭から溢れるほどに豊富にある。長時間並んでも、なかなか店頭では必要な物を手に入れることのできなかったソビエトでは考えられない生活だった。

ソビエトではごく一般的な家庭ではあったが、このアルト・バウに比べればはるかに家具調度品の質素であったアレクセイのクバルチーラ（アパート）では、子供の頃、絨毯に故意に染みなど作ろうものなら飛んできた母親に大目玉を食ったものだった。

それとも、サエキという男の物質面での執着の薄さは、自分を取り巻く世界全体に対する関心の薄さの表れなのか…、タマネギを刻み終えたアレクセイは、フライパンにバターを落としながら、バスローブに身を包んだサエキに向かって静かに微笑みかけた。

半年ほど共に暮らした今も、アレクセイはサエキについて知らないことの方が多い。

気まぐれで、時に横暴なほどにわがままであり、まわりに無頓着な反面、異様に神経質で用心深い一面もあり、関係を結んだ後もある一定のラインより中にアレクセイを踏み込ませない。

知っても何の得にもならないとサエキはいつも笑ってはぐらかしてしまうが、そんな不透明なところがたまらなく魅力的である一方、時にもどかしくじれったいような思いにさせられるのも事実だった。

「今日の朝食は何だ？　ずいぶんいい匂いがする」

サエキはアレクセイの隣までやってくると、ひょいとフライパンの中を覗き込む。

線は細くとも、中性的なところなど全くない立派な成人男性だが、そんな些細な仕種のひとつひとつが鮮やかに人の心をとらえる。

「タマネギとハムを使ったオムレツにトースト、カブとチキンのスープ、ジャガイモとインゲンのソテーサラダにコーヒーです」

「朝から馬みたいに食うんだな。…でも、朝食のメニューとしては悪くない」

溶けるバターの香りに満足そうに頷き、サエキはアレクセイの肩に甘えるように顎を乗せると、フライパンでタマネギを炒《いた》めはじめたアレクセイの手許を眺めている。

子供の頃からダーチャで祖母や母親に鍛えられたオムレツ作りには、それなりの自信がある。

アレクセイの手持ちのレシピは自然、アレクセイが食べて育ったロシア料理が基本となっている。そのメニューの中でも、オムレツは特にサエキのお気に入りなようで、メニューがオムレツだと聞くと決まってサエキの機嫌はいい。

当初はその淡白そうな容姿からあまり食に関心はないように思っていたが、サエキはサエキなりにアレクセイの作る料理を楽しみにしているらしい。

「座っていて下さって大丈夫ですよ。髪もまだ濡れたままです、拭いていらしたらどうです？」

「お前が料理を作るのは手際がいい。横で見ていると楽しい」

手早くタマネギを炒めながらアレクセイが言うと、サエキはたわいもない答えを返し、妙に子供っぽい仕種でカットボードの上の刻んだハムをつまんで口に放り込んだ。

「料理に関しては、子供の頃にダーチャで母や祖母から厳しく教え込まれましたから」

「ダーチャはよく話に聞くな。農園つきの官給別荘みたいなものだと聞いているが…」

ハムをつまんだ指先を舐めながら答えるサエキに、アレクセイは苦笑した。

サエキの聞かされているダーチャは、ロシアの庶民が食糧自給の必要に迫られて作ったダーチャ…つまりはアレクセイの慣れ親しんだ現実とかけ離れている。

農園つきの官給別荘などと聞くと、かつてソビエト政府が平等社会の夢として掲げた理想郷のお題目のひとつ、現実にはあり得ないお伽《とぎ》の国の扉を開く呪文でも聞かされたような気分にさせられる。

だが、理想とかけ離れていても、ダーチャはロシア人にとっては食糧自給のための場でありながら、週末や休みごとに自然と親しめる家族団欒《だんらん》の場所でもある。

質素であっても、慎ましく温かい家庭の象徴でもあり、それを知らないサエキは、おそらくソビエトにいた時には家族愛や友情とは遠く隔離されて過ごしたのだろうと、容易に察することができた。

「別荘というほどのものじゃないですよ。ましてや、イギリスのカントリー・ハウスみたいなものを想像してもらうと、あまりにがっかりされると思います。うちのダーチャはせいぜい六百平米ぐらいじゃないですか。その中に家も畑もあるんですから、質素なものです。家っていうよりは、夏を過ごすための菜園つきの木造の小屋みたいなものですね」

「小屋?」

サエキは胡乱《うろん》な顔つきとなる。

「もちろん、高級官僚のダーチャには石造りで車寄せまでついた豪華なものもありますが。うちのダーチャは電気は一応引いてあるけど、水道はないので、水は公共の水場まで汲《く》みに行かなきゃならないんです」

「水を汲みに行くって…、畑があるのにいちいち水を汲みに行かなきゃならないのか？」

珍しくサエキが目を丸くした。

サエキは普段、あまり表情も変わらず、シニカルな物言いをすることの多い男だが、ごくたまにこうして非常に繊細な一面、子供っぽい反応を見せることがある。

サエキが子供の頃に育った日本には『湯水のごとく』という、どこにでも大量にあるものを指す言葉があるのだとサエキは言った。

社会主義国であるソビエトにおいても、電気、ガス、水道といった光熱費に関しては格安だったので、水道代が飛び抜けて高いベルリンにやってきた今も、サエキが水に関して無頓着なのはわかるような気がする。

サエキが暮らしたイギリスや香港も、特に水に不自由だという話は聞かないので、サエキの中では水はいまだに蛇口をひねれば当然出てくるものという感覚なのだろう。

むろん、アレクセイなどより情報員としての経験も長く、普段は様々に表情を変えて周囲の人間を操るようなしたたかさ、強さを目の当たりにしているだけに、サエキを弱い人間だと思ったことはない。

だが、サエキへの畏《おそ》れと同時に、言いようのない愛《いと》おしさを覚えるのはこんな瞬間だった。

「畑はちゃんと手を入れてやっていれば、そんなに始終水をまかなくてもいいものなんですよ。それにもともと、レニングラードは雨の多いところですし」

手際よく炒めたタマネギを皿に移したアレクセイは、フライパンに溶いた卵をざっと流し入れる。

「それは知らなかった。小学校の時に植物を育てながら観察する課題があって…、夏休みは毎日交代で水やりに行ってたから…」

サエキが小さく呟くのに、アレクセイは視線をあげてサエキの横顔を盗み見る。

日本にいた頃について、サエキが子供時代を語ることはほとんどない。

たまたまサエキが気を許していたために口から洩れただけなのかもしれないが、小学校時代を覚えているというなら、サエキはアレクセイが考えていたよりもはるかに長く、日本で暮らしたことになる。

「日本は亜熱帯気候でしょう？　多分、夏場の日中の気温は、レニングラードとは桁違《けたちが》いのはずです。植物観察っていうのは、畑か何かで観察するんですか？　それとも温室みたいなものを作って？」

「あんな狭い島国で、子供のための観察用の畑や温室なんか作れるものか。育てるのは鉢植えだ」

サエキはいつものシニカルな物言いで、アレクセイの見知らぬ極東の国を狭い島国だと言い捨てると、ローブの袖で濡れた髪をいくらか拭いた。

「鉢植えだと確かに、夏場はまめに水をやらないとすぐに枯れるでしょうね。鉢植えと地面にじかに植えた植物とでは、同じ条件で育ててもコンディションがまったく違います。鉢植えっていうのは、植物にとってはかなり過酷な条件ですから」

なるほど、とサエキは納得したような、していないような顔をしている。

そのサエキの手は白く華奢で、指は長く、女性のようにほっそりとした造りだ。見るからに屋外での労働には向かない手だった。

アレクセイは自分の国の男で、こんなに美しい手を持つ人間を知らない。スラブの男達の手はもっと厚く大きく、それこそ畑作りから家の補修、車の修理、魚釣りまで何でもこなす。凍える北の過酷さと豊かさとを併せ持つ、黒い土を長く耕してきた民族の手だ。

これまでにサエキの洩らした少ない言葉を総合すると、サエキは十歳かそこらで日本からイギリスへと連れられ、十六の年までをイギリスで育ったようだ。

そう考えてみると、非常になめらかなクィーンズ・イングリッシュを話すサエキが、イギリス人として過ごした時間はアレクセイが思っていたよりもはるかに短いことになる。

本質的には日本やソ連で過ごした時間の方がはるかに長いはずだが、サエキの口から日本やソ連を恋う言葉を一度も聞いたことはなかったために、思い当たりもしなかった。

アレクセイは刻んだハムとパセリ、すでに炒めておいたタマネギとを、半熟状の卵に混ぜ入れながら微笑んだ。湯気を立てる美味そうなオムレツの香りに、いつもダーチャで家族で囲んだあの楽しい食卓を思い出す。

ダーチャに行くと、街の店頭では絶対に手に入らない新鮮な生み立ての卵をいつも近隣の人々と分けあうことができた。アレクセイの住んだクバルチーラでも、住人が互いに親切なのは同じだった。日々の生活は質素だったが、この大都会である西ベルリンの人々のよそよそしさとは異なり、近所の人たちは皆顔なじみで親切だった。

「あなたをいつか、うちのダーチャに招待したいです」

サエキは珍しく無防備な、もの問いたげな視線を向けてくる。

「むろん、豪華な設備など何ひとつありませんが…、とれたての野菜…、トマトやキュウリなどがどれだけ甘くて深みのある味か、白夜の下の湖の蒼《あお》さがどれだけ美しいものなのかは、やはりとても口では説明できなくて…」

言いかけてアレクセイは自分の言葉の無益さに気づき、口をつぐんだ。

夏のダーチャで過ごした家族とのひとときは、アレクセイにとっては懐かしい祖国でのささやかだが美しく色鮮やかな記憶だ。

しかし、サエキにとってはどうなのだろう。

サエキの口からはソビエトを愛しているという言葉はただの一言も聞いたことがない。聞いたことのあるのは、サエキの人生をねじ曲げたらしき国家への冷たい憎悪と侮蔑の言葉だけだった。

日本で生まれ、イギリスで育ったサエキがどういった理由でソビエトで情報員などになっているのかは知らない。

しかし、徹底した共産主義体制のもと、職場や学校などの組織の末端まで行き渡ったKGB組織によって日常の言動すべてをつぶさに監視されているソビエトでは、反体制思想を持つとみなされただけでその後の人生すべてを台無しにされる者も多い。

収容所送りとまではならずとも、ほんの些細な理由でKGBの係官に睨まれ、全市民が所持を義務づけられている労働者手帳に『不適』と記入された者の話はよく聞く。

一度、手帳に『不適』と記載されてしまうとそれを理由に職場は解雇されてしまう。その後、まともな職を得ることができずに苦しむ人間も大勢いた。

誰も恐ろしくて口にしないだけで、サエキのように今の体制を憎んでいる者は多い。

アレクセイも共産主義一党支配を完全なものと信じ、あの国家体制を愛しているのかと問われれば、首を振らざるを得ない。

社会全体に矛盾と腐敗がはびこり、日々の生活には常に監視の目が光る息苦しい国だ。

しかしまた同時に、アレクセイがあの国に住む家族や友人を愛し、文化を愛し、あの国の空や川、森や湖、大地を愛していることは確かだった。

国を出た今、より一層、その祖国への愛情がいや増すのを痛感せずにはいられない。

そんなアレクセイがいつか故郷に帰って恋人に与えたいと願うささやかな安らぎなどは、この自分の足で十分に立つことのできる男にはまったく必要のないものなのかもしれない。

それに何よりも、アレクセイはこの男に誓った。

この男の監視と報告を命じた国家を裏切り、このほとんど正体もわからない魅惑的な男の足許に跪き、ほっそりとした腰を抱いて誓った。

国家でも神でもなく、この男ひとりに従うと、その支配を享受すると誓った。

サエキがこっそりと打ち明けたあの恐ろしい計画に従うと誓ったのは、アレクセイ自身だ。

東西冷戦の真っ只中、鉄のカーテンとも呼ばれるベルリンの壁で分断された街に情報員として送りこまれ、国に帰ることも許されずに郷愁にあがくアレクセイに見えないものを、この男は今もじっと見据えている。

それがアレクセイには恐ろしく思える一方で、狂おしいほどに端然として、気高く崇高にも見える。

この男を守りたい、この男に仕えたいというのは、紛れもない事実だった。

「すみません、やっぱり半年ほど国を離れて、里心がついたみたいです」

アレクセイは小さく呟き、湯気を上げる黄金色のオムレツを皿に移した。

「冷めます、お先にどうぞ」

アレクセイをどう思ったのか、サエキは小さく呟いた。

「そうだな、いつかきっと…」

そして、伸び上がってアレクセイに口づけ、サエキは珍しく微笑んだ。

「連れて行ってくれ、ダーチャに」

突然の柔らかなキスにアレクセイは驚く。

ロシア人にとって、キスは政治家同士の挨拶《あいさつ》にまで含まれるごく日常的な行為だが、サエキ自身はあまり積極的にはキスをしない。

それは肉体関係にありながらも、同時に同居人であり、部下でもあるアレクセイとのけじめのないべたべたした触れあいを嫌って、サエキが一定の線引きをしているせいではないかと思っていた。

目を見開いたアレクセイに、サエキは離れたアレクセイの唇に指先をあてて少し決まり悪げに笑う。

「日本では、日常的なキスの習慣はないんだ。イギリスでは寄宿学校に入っていて、ずっと家族同士のキスとも無縁だったし…、父は…」

サエキはほんの一瞬だが、わずかに顔を歪めると、父親についてのその先を続けなかった。

自分の父親に対して抱く感情としてはあまりにもネガティブな表情は、アレクセイの中に引っかかって残った。

「だから私には、あまりキスのタイミングは読めなくて…。今のがおかしなタイミングだったのなら謝る」

サエキの意外な、そして寂しい告白に少し毒気を抜かれるアレクセイに、男はオムレツの載った皿をテーブルの上に運びながら言った。

「早くおまえの分を作ってくれ。きっと、一緒に食べた方が美味いから」

計算してかどうかは知らないが、こうしてまたひとつ、この男はアレクセイの心を造作もなく捕らえるのだと、アレクセイは苦笑した。

些細な謝罪なのに、とても重い秘密を打ち明けられたような気がして、胸の奥が締めつけられるように痛んだ。

Ⅱ

「すみません、これを投函《とうかん》してきます」

花束を抱えたアレクセイはサエキに断り、交差点の角にあるポストに四角い封筒を入れに行く。宛先《あてさき》はダビッドだ。

アレクセイはポストに入れる前に封筒の中の手紙に向かって指先で軽くキスを送り、少し空を見上げた後、封筒をポストへと入れる。

中に同封されたこの手紙が、同じ空の下にいるはずの家族のもとへ、今後、いつ会える望みがあるのかもわからない愛する家族のもとへ、無事に届きますようにとの小さな願いを込めて、いつも行うささやかな儀式だった。

「スタイン宛てか？」

「ええ」

尋ねてくるサエキに、アレクセイは正直に頷く。

「いつものことながら、ご苦労なことだな」

呆れたように言うと、サエキはわずかに肩をすくめる。

サエキに関するひと月ごとの監視レポートの提出と共に、アレクセイと家族との手紙の仲介を担当しているのもこのダビッドだ。

ダビッドの検閲を恐れて、手紙にはごく月並みなことしか書けないが、それでもアレクセイにとってはあの男がアレクセイと家族とをつなぐ、唯一のパイプ役でもあった。

「あの女が来たようだ」

サエキの言葉にアレクセイは振り返る。スーツ姿で道路脇に立つアレクセイとサエキの前に、グリーンのワーゲンが停まった。

『あら、今日は一段と素敵ね、アレックス。タイの色が目の色によく似合うわ。そのお花が私宛てのものだったら、なお嬉しいんだけど』

ドアを中から開けた女は、華やかな声を上げる。

女が褒めてくれた濃紺のスーツは、サエキが堅苦しくなりすぎないようにと選んでくれたものだ。ぴったりとアレクセイの身体に合い、胸のポケットチーフのおかげで適度にフォーマルだった。

一方でアレクセイは、かろうじて首までぴったりと詰まったロングのパンツ・ドレスでドレスアップはしているものの、普段よりはずっと冴えないいでたちのソフィアに、今日も自分の目を疑う。

この格好でいるところに会うのが二度目なため、声や話し方でかろうじてソフィアだとわかってはいる。だが、運転席にはまるで別人のような女がいる。

空色の大きな目の魅力をいっさい奪ってしまう黒縁の分厚いトンボのような近視用の眼鏡、ブロンドをアップにはしてあるものの髪に艶《つや》はなく、上げきれていない髪がほつれ落ちていて、どことなく所帯やつれしているように見える。

襟の詰まった黒のパンツ・ドレスは男の目から見ると色気にかけ、パッとしないように思えた。赤ら顔で鼻の上にはそばかすが浮き、目の下には黒っぽいクマがある。

いつもは二十代後半ぐらいに見える美女は、今日は四十近い、どこにでもいるような十人並みの容姿の女に見えた。

『どうかしら？』

自信たっぷりに笑うソフィアの口許には、いつものようなきれいな歯並びがない。何か特殊な差し歯でもしているのか、少し黄身を帯びた下の歯並びは微妙に歪んでおり、ソフィアの形のいいはずの口許をだらしなく見せていた。

『あいかわらず見事なお手並みですね』

アレクセイが控えめな感想を口にするのに、ソフィアは人の悪い笑みを浮かべる。

今の格好が色気にかけるのは、百も承知なのだろう。

『別人のようで驚きました』

『今日は、私たちはあなたの引き立て役だもの』

『引き立て役兼、監視役だ。油断するな』

ソフィアの声を、サエキがあっさりと遮る。そんなサエキの反応に、ソフィアは露骨に顔を歪めてみせた。言葉の内容もさりながら、サエキに会話に割って入られたこと自体が嫌なようだった。

そういうサエキも茶系の地味なスーツに身を包んではいるものの、やはり目の魅力をすっかり台無しにしてしまう遠視用の分厚い眼鏡をかけ、わざと髪をセンターでぴっちりと分けてサイドに撫《な》でつけてある。頬に綿を含ませて輪郭まで変えたその様子は、どう見ても三十代後半のぱっとしない印象の男だ。これで幾分前屈《かが》みにせかせか歩かれると、本当にサエキと同一人物には見えない。

バスルームからサエキが出てきた時には、アレクセイはぎょっとして立ち止まったほどだった。いつもはアレクセイより十分に若く見えるはずなのに、この極端なまでの変わりようには驚かされる。

眼鏡については、もともとのサエキ自身の視力は悪くないため、一度、コンタクトレンズで視力を極端に上げ、さらに眼鏡をかけて視力を矯正するらしい。サエキの眼鏡といい、ソフィアの歯といい、二人とも化け方が徹底している。

しかも二人とも凡庸に徹していて、そばかすがあった、眼鏡をかけていたという月並みな点以外には、これといった特徴が見あたらないぐらい、どこにでもいるような容姿になっているのが不思議だった。

『私は後ろに』

サエキの声に、アレクセイはサエキの為《ため》に後部座席のドアを開けた。

『ずいぶんなお姫様でいらっしゃるわね』

必要以上に尖ったソフィアの声を、サエキはいつものように平然と無視して車に乗り込む。

この二人の仲が悪いのはいつものことなので、アレクセイはとにかく耳に入っていない振りをした。互いにどうしようもなく嫌い合っているので、下手に仲裁などするだけ無駄だとダビッドにも言われている。

『ソフィア、よければ運転を代わります』

『そうね、助かるわ。こんな眼鏡かけると、目が疲れるのよ』

言いながら車を降り、助手席に回り込んできたソフィアはさらに後ろのサエキに向かって毒をぶつけた。

『あんたも男だったら、これぐらい言ってみたらどうなの？　この玉なしの○○○○野郎』

最後の罵倒だけがロシア語だった。品のない、聞くに堪えないほど悪し様《あざま》なソフィアの罵倒にも、サエキは涼しい顔で窓枠に頬杖《ほおづえ》をつき、座っている。

本当に水と油のような関係だと思いながら、アレクセイは車を発進させる。

もしかして、これはこれでソフィアとサエキのひとつのコミュニケーションの手段なのかもしれないという、サエキに言えばひどく機嫌を損なってしまいそうな感想は、胸のうちだけにとどめておいた。

ソフィアの指示でアレクセイが車をつけたのは、西ベルリンきってのオペラ劇場といわれるベルリン・ドイツ・オペラだった。

オペラ座という華麗な名に反して、外観はコンクリートとガラスでできた無骨な箱のようなデザインで、オペラ界きってのモダン建築といわれている。東ベルリン内にある、堂々とした風格ある正統派の国立オペラ座とはまったく雰囲気が違う。

今日の演目は『椿姫』で、ヴィオレッタを務めるのはサエキの愛してやまない歌姫、エリザベート・ローマンだった。

ヴィオレッタはそのエリザベートの十八番《おはこ》とも言われている役柄で、これまでに何度となく上演され、その円熟した声と演技とが高く評価されている。

音楽の女神のように澄み切った透明感のある美しい声と、その声に見合った繊細な感情表現は今や世界中でも人気だが、同時にエリザベートは東ドイツ出身の亡命者であることでも有名な歌手だった。

むろん、アレクセイは西ドイツにやってくるまで、エリザベートの名前は知らなかった。サエキが始終、このエリザベートの歌うアリアをかけていること、その曲がラジオやテレビのＣＭにも用いられていることなどによって、初めて知った。

本来、共産圏出身のオペラ歌手ならば、必ずモスクワやレニングラードの華やかな舞台に招待を受ける。ステージを見ずとも、国を挙げての大々的な宣伝により、その名前が耳に入らないはずがない。

だが、東側からの亡命者であれば、確かにその名を聞くこともないはずだった。

東側からしてみれば、エリザベートは芸術家という国家的に優遇された立場にありながら国を捨てた女だ。家族や親戚は国賊並みの扱いを受け、どれだけ栄光ある過去を持とうとも、その名前も経歴もすべて表舞台から抹消される。

にもかかわらず、このエリザベートのように亡命を希望する芸術家が後を絶たないのも皮肉だ。

『エスコートをお願いするわ』

何度見ても、いつものソフィアとは同一人物とは思えない女に笑いかけられ、アレクセイは苦笑しながらもおとなしく腕を差し出す。ソフィアはその腕に満足そうにつかまった。サエキは特にそれに口を挟まず、今の格好には妙に不釣り合いなバラの花束を抱えて二人のあとからついてくる。

上司と部下以上の深い仲となって少し不思議にも思えるのが、サエキがアレクセイの人間関係にまったく干渉しないことだった。

アレクセイの過去も問わないし、ソフィアと犬猿の仲であるわりには、アレクセイがソフィアと話し込んだり、二人でどこかに行ったりということにも口は挟まない。こんな無干渉は、ロシア人女性の恋人を持つ限り、まず普通は考えられないことだった。

サエキはアレクセイが誰とどこに行ったか、何を話したかなどは把握しているが、仕事だと割り切っているのか、物質的なものに執着しない性格のままに、何も言ってこない。

その感覚が、アレクセイにとってはいまだに少し不思議だった。

優秀な諜報員というのはこういうものなのかもしれないが、サエキは自分の信条に忠実でいようとするあまり、意図的に自分の中から人間的な要素、感覚、感情を抑制、排除しているようでもある。

なので、たまにサエキがずいぶん人間的な一面を見せると、驚くと同時に新鮮な魅力を感じる。

チケットに従い、アレクセイはソフィアを伴って、柔らかく足の沈む赤い絨毯を踏んで指定の席へと向かった。サエキもいつものように取り立ててはっきりとした表情を浮かべないまま、歩き方だけは別人のように前屈みになって隣のシートに腰掛ける。

口に出したのを聞いたわけではないが、椿姫の演目はずいぶん前からサエキが個人的に楽しみにしていたのは知っている。普段の言動には淡白でも、絵画や音楽などにはかなりはっきりとした好みのあるサエキが、ここまで気に入っているアーティストは稀《まれ》だ。

開演前に丹念にパンフレットをチェックしているが、目がつらいのか眉間に皺を寄せ、小難しい顔で眼鏡を少しずらしながら手許を眺めている様子が、逆に妙に今の格好に合っていた。

アレクセイは少し微笑ましい思いで、横目にそんな上司の様子を眺める。

いでたちこそ普段とは違うが、ここしばらくアレクセイにとってはずいぶん平穏な日々が続いている。今朝のような軽い郷愁にとらわれたのも、多分、自由になる時間が多く、色々と考えることが多いせいだと思う。

将校として船に乗り込み、翻訳や基地との連絡などの分刻みのスケジュールに明け暮れていた海軍時代、ここへやってくるまでのソビエトでの情報員としての厳しい養成期間、そして、ベルリンの壁を越えてやってきてすぐの、本部がNATOとの交渉をより有利に進められるよう、サエキがNATOの役員と関係している写真の盗撮を命じられた時——いまだにあれは思い出すだけで胸が悪くなるが——その時などに比べれば、驚くほどにごく普通の一般的な生活を送っている。

最近ではサエキやダビッドなどの紹介で、いくらか雑誌向けカメラマンとしての小さな仕事も舞い込むようになり、時にはスタジオなどに足を運ぶこともある。

常から陽気なダビッドの顔の広さはわかるような気がするが、サエキもそれなりにベルリンでジャーナリストとしての交際枠を持っていることには驚いた。

あまり愛想のいい男にも見えないが、サエキはサエキなりに巧みにジャーナリスト達の間を泳ぎ渡っているらしい。

以前、アレクセイがひとりの年輩の編集者に引き合わされた時には、サエキは多弁とまではいえないものの、声の調子や口許の笑み、視線の使い方で巧妙に相手の関心を引いていた。サエキがアレクセイに見せていないだけで、かつてイギリス大使館で別人のようににこやかに振る舞っていたことを考えると、外の人間の前ではそれなりに態度を変えているのかも知れない。

仕事をする際、カメラマンとしては、けして抜きんでて一流にならないよう心がけておけと、サエキには前々から何度も注意されている。

フリージャーナリストという隠れ蓑《みの》を長く穏便に利用するため、目立たずに活動するためには、人より際だったものを撮らないように、あくまでも二流程度、いつでも代わりのきくレベルのジャーナリストであれというのが、サエキの常々与える注意だった。

しかし、才能がないと呆れられるほどに三流ではなく、周囲から特別に注目されるほどに目立つわけでもなく、適度に仕事が来るほどの無難な写真を撮り続けるというのは、実際にはかなり難しい注文だった。

それでもサエキ自身は、それを今の肩書きであるライターとして的確にこなしているようだ。

そんな細かな仕事をこなすかたわら、アレクセイはサエキの指示でベルリン自由大学へ聴講生として通っている。経済学などは実際に指示を受けて通っているものだったが、あとは興味のある学科を好きに聞きに行っていいという自由も与えられた。

学校を卒業して以来、様々な機関に拘束されてきた身にとっては、それはそれで与えられてみると不気味なほどの自由さだったが、日々は穏やかだ。

約束された給料は毎月、正確に銀行に振り込まれており、今のところは特に気を張るような仕事もない。

ジャーナリストとして、また聴講生として指示を受け、何人か接触を図っている人間もいるが、今の所はプライベートを話せる程度に親しくなれというだけで、それ以上の特別な関係になるようにも命じられていない。

サエキやソフィアが、諜報員の仕事というものは映画や小説などと違って、普段は地味な日々の積み重ねだと言っていたが、アレクセイにとっては穏やかすぎて、少し怖いようにも感じられる毎日だった。

変装はしているものの、こうしてサエキと肩を並べてオペラを見るなどとは、やってきてすぐの頃からは信じられないぐらいに優雅な日々だ。長く浸《つ》かり続けると何かが麻痺《まひ》してしまいそうなぐらいに平穏な、そんな時間の流れでもある。

「熱心ですね」

パンフレットをめくりながら隣のサエキに声をかけると、サエキは満足そうに答えた。

「エリザベートの『椿姫』は、実際に目の前にすると思わず引き込まれる。大仰な演技をしているわけじゃないのに、舞台を見ていると悲しみのあまり、胸をわしづかみにされるような気分になる」

アレクセイは、サエキには珍しいその熱っぽい言い分に微笑む。

「楽しみです」

事実、今日のプリマであるエリザベートのレコードを何枚も聴き、アレクセイはサエキ同様、純粋にその魅惑的な歌声のファンになりつつある。幕の開くのを今か今かと待ち焦がれるサエキの気持ちは、十分にわかった。

「この眼鏡はよくないな、目が疲れすぎる」

サエキがぼやくところへ、サエキの話を遮るのに斟酌《しんしゃく》ないソフィアの声が重なる。

『帰りにエリザベートの楽屋に行ってからの段取りを、もう一度確認しておいて。ちゃんと、マネージャーを通してプレス用の証明ももらったから』

サエキはそれを目の端でちらりと睨むにとどめた。

『役得ですね』

ソフィアの指示に従って質問用原稿をめくるアレクセイの言葉に、ソフィアも別人のようなメイクにくしゃりとしわを寄せて笑った。

『そうね』

ここ数回ほど、インタビューや写真の撮影と称してエリザベートに会う機会を設けており、すでにエリザベートとは既知の仲だ。

それでも、実際に世界中にその名が知られ、何万、何十万という熱烈なファンのいる歌姫に、しがない一軍人であった自分が、こうして舞台の後に楽屋裏まで行って会えるというのがいまだに信じられない。

シートのほとんどが埋まり、オーケストラボックスでは音合わせがすでに始まっている。

幕開けまでの期待と熱気とが、徐々にホールを満たしつつある。

アレクセイはタイプ打ちされた原稿を膝の上に置きながら、ホール内の観衆と共に開幕前の興奮を味わっていた。

『行くわよ』

楽屋前の廊下でマネージャーの姿を確認すると、ソフィアはアレクセイとサエキの二人を振り返り、プレス用の証明書を投げて寄越す。外見は四十前後の特徴のない中年女にしか見えないが、こうした時の目つきはやはりソフィアだと思う。

アレクセイが頷き返すと、ソフィアはつかつかと楽屋前に寄ってゆく。制止しようとする係員に胸許に提げた証明書を掲げてみせ、許可は取ってあるのよ、とベルリン訛りのつけつけとしたドイツ語で相手を黙らせた。

そして、どこからこの押しの強さが出てくるのだろうというほどの大仰さと独特の気取った言い回しで、ソフィアは手を叩きながら楽屋うちに入ってゆく。

『ブラボー！　本当に素晴らしい舞台でしたわ、わたくし、心から感動いたしました』

舞台を引けたばかりでまだ舞台用のメイクも落としていない歌姫は、楽屋内で体格のいい五十がらみの紳士風の男と話しているところだった。

いきなり楽屋に入り込んできてまくし立てる女に戸惑ったような様子ながらも、その後ろに見知ったアレクセイの姿を認めると、にこやかに微笑んでくれる。

エリザベート・ローマンは今年、四十二歳になる。

実際に本人を目の前にすれば、あの長丁場の舞台をこなすことが信じられないほどに小柄な、落ち着いた穏やかな印象の女性だった。

人目を引くような華やかな美人というわけではなかったが、話し方や立ち姿にどこか少女めいた可愛らしい雰囲気を持つエリザベートには、華奢で可憐《かれん》な椿姫の役は当たり役といわれているのがわかる。

物腰や話の内容は穏やかで、けして浮ついているわけではないのに、声や話し方にまるで鈴を転がすような軽やかでやさしいものがあり、とても魅力的だった。

ソプラノ歌手としては今がまさに脂ののりきった時期、声にも技術にも艶があり、一番旬といえる時期でもある。

『お話し中にお邪魔して申し訳ありません。でも、本当に素晴らしい舞台でした』

アレクセイはエリザベートの隣の男に丁寧に会釈して言い添え、エリザベートには手にしていたバラの花束を差し出す。

『覚えておいでてでしょう？　今回の自伝の編集のナタリーエ・フレーゲ嬢』

ソフィアの勢いに押されたようだったエリザベートも、ああ、あの時の…と頷き、差し出されたソフィアの手を握る。

実のところ、実在する本物の編集者ナタリーエ・フレーゲとはまったくの別人なのだが、エリザベート自身が毎日ファンや音楽関係の大量の人間と顔を合わせているために、一度会っただけではいちいち顔と名前が一致しないのだろう。

実際、三ヶ月ほど前に実在する編集者ナタリーエ・フレーゲの名前を騙《かた》って、アレクセイとエリザベートを引き合わせたのはソフィアだった。

だが、特にソフィアに関しては、こんな凡庸な容姿の人間を覚えているかと問われても、逆に覚えていると答える方が不思議にさえ思えるほど、徹底してどこにでもいるような容姿に作ってある。

『こちら、主人のハインツですわ』

エリザベートが隣の男を紹介するのに、ソフィアは我が意を得たりとばかりに満面の笑みを浮かべる。

エリザベートの夫である品のいい温厚そうなこの紳士こそが、アレクセイがエリザベートに近づくように指示された当初の目的でもある、現西ドイツ与党議員のハインツ・ローマンだった。

『お会いできてとても光栄ですわ、ローマンさん。先週の議会でのご提案には、心から賛同いたします。無事、法案が議会を通過するように、良識ある一市民として祈っておりますわ』

いかにも政治議論に熱心なドイツ人らしい様子を見せて、ソフィアは目を輝かせ、しっかりと両手で男の手を握り、大きく上下に振った。

『ありがとうございます、ご賛同いただけて嬉しいです。妻のドキュメンタリー本を作っていただける話については、私も伺っています、本のでき上がりを楽しみにしてますよ』

『きっと、素晴らしい本ができましてよ。ご満足頂けますよう、私どもも尽力いたしますから』

控えめに会釈するハインツにも自信たっぷりの高らかな笑い声を上げて、ソフィアは頷いた。

この話しぶり、この態度が、どうしてもいつものソフィアとはつながらない。

サエキやソフィアのように、変装の才能というのは姿形ばかりだけでなく、態度や話し方まですっかり変えることを言うのだろうなと、アレクセイはつくづく感心する。

『そして、こちらが…』

ソフィアはサエキの肩を押す。

アレクセイの知る限り、ソフィアがサエキに触れるのはこれが初めてではないかと思うが、触れるソフィアも触れられたサエキの方もごく自然に見えた。

『今回の本の装丁を担当致しますクラウス・マイヤーですのよ。あなたのファンだというので、特別に連れてきたんですの。典型的な芸術家肌と申しますか、シャイな性格であまり人と話すことは得意じゃないんですけれど、本当に美しい装丁の本を作り上げますわ。きっと敬愛する歌姫のために、素敵な装丁を用意してくれることでしょう』

サエキは押しの強いソフィアの紹介に、いかにも人見知りする男であるかのようにぎくしゃくと礼をし、あなたの本を担当できて光栄だという内容の言葉を口ごもりながら、ぎこちなくエリザベートとハインツの手を握り、持参したレコードジャケットへのサインを頼んだ。

サインを入れてもらうレコードについては、サエキは数日前からずいぶん真剣に選んでいたので、このサインばかりはサエキという淡白な男には珍しい一般的な感覚、ごく普通のファン心理なのだと思う。

エリザベートはアレクセイに向かって驚いたように少女っぽく目を見開いて見せ、それでも快くサエキに応じてレコードのジャケットにサインを入れた。

そんなエリザベートの視線配りや態度を、ソフィアもサエキも抜け目なく観察しているのがわかる。二人とも、エリザベートのアレクセイに向ける信用の度合いを、こうして巧みに推し量っている。

そして引き立て役だというソフィアの言葉通り、色々と心理的にエリザベートを困惑させる役をそばに配して、さらにアレクセイとエリザベートの距離を詰めようとしている。

『また記事の方は色々とこのキャンベルがとりまとめてゆくと思いますが、今日はその舞台用のお衣装を撮影させて頂ければと思いまして』

ソフィアはてきぱきとした口調で、強引なまでの注文を入れる。

事実、エリザベートのドキュメンタリー本の企画は、実在するナタリーエ・フレーゲという女性編集者を含めた出版社のもとで一時、持ち上がっていたという話だった。

結局、企画はそのままに立ち消えたらしいが、どこからそんな話を調べ及んできたのか、今回ソフィアらはその企画に大胆にもつけ込んでアレクセイを接触させているらしい。

そんな話、どこかからばれてしまったらどうするんですかとサエキに尋ねたら、ばれたら数ヶ月、第三国にでも避難するさ…とサエキは何でもないことのように言い捨てた。

そうすれば、有名人を巻き込んだ詐欺話か何かだと見当をつけて、そのうち忘れる。どんな有名人でもスキャンダル沙汰《ざた》は嫌がるものだからな、とサエキは淡々と言う。

サエキらしい答えだと思うものの、この男の中でいったいどこまでがファン心理で、どこまでが諜報員としての考え方なのか、今のところアレクセイには不透明でよくわからない。

このエリザベートとその夫である現西ドイツ与党幹部のハインツに近づくことが目的だと聞き、今日は直接にハインツと顔を合わせたことで、計画に大きな進展を得たともいえるのだろうが、まだアレクセイは最終的な接触の目的は教えられていない。

ただ、エリザベートに個人的な悩みを打ち明けられるような、心理的に親しい関係になれとは言われているが、それには確かに過去や現在の心理状態について深くつっこんで話を聞くことのできる、このドキュメンタリー企画のインタビュアー兼、カメラマンというジャーナリストの肩書きは便利なものだった。

サエキの勧めもあって、様々なジャーナリストによる著名人の伝記やレポに何冊も目を通してみたが、業界人としていかにも浅く見られ、上っ面だけの過去や業績の記録に終始してしまう者もいれば、会ったばかりの人間ではとても聞けないような立ち入ったプライベートな部分まで尋ね、相手のよき理解者となっているジャーナリストがいることも確かだった。

取り巻きや関係者の多いエリザベートの心を開くことは容易ではないだろうが、信頼を得ることができれば、より本音に近い考えも聞けることだろう。

実際、インタビュー相手の親しい理解者となり、深い友人関係を培うジャーナリストも多いようだ。

『まぁ、じゃあ、少しメイクを直しましょう』

写真撮影と聞いて、エリザベートは気取らない性格のまま、鏡の前へと戻る。

『それでは専属のメイクを呼んできた方がよかったかしら？』

そんなあてもないだろうに、ソフィアはしゃあしゃあと言いのける。

『いえ、そこまでしていただかなくていいわ。簡単でいいなら、メイクはこちらで直します。少しそこで待っていて頂ければ…』

『じゃあ、ここで撮影の用意をさせて頂いてよろしいかしら？』

ご主人もよろしくて…？、とソフィアはちらりとハインツの方に、押しの強い満面の笑みを向けた。

『ええ、ええ。もちろん』

高位の与党幹部でありながらも、ハインツは気分を害した様子もなく、にこやかにそれに応じる。その飾りのない態度を見る限り、妻のドキュメンタリー本が作られるという話を心から喜んでいるようだ。

『では私たち、外で待っていますわね』

ソフィアはサエキを促し、エリザベートやハインツにはわからないようにアレクセイに目交せして部屋を出てゆく。

『驚かれたでしょう？』

アレクセイが声をかけると、鏡に向かっていたエリザベートと隣のハインツはわずかに苦笑する。

『フレーゲはいつもああなんです。自分の言いたいことだけを言って、嵐のように行ってしまう』

『出版関係の方や報道関係の方には、そんな方が多いわ。多分、そうじゃないと話が進まないのね』

ヨーロッパで名だたるトップクラスの歌姫という気負いもなく、落ち着いた声でエリザベートは答えた。ハインツもその横で静かに笑う。議会での落ち着いた答弁を中継で見たことがあるが、プライベートでも穏やかな人間らしい。

エリザベートについては、華やかな舞台で臆《おく》さず歌う力量があるのに、素顔はずいぶんはにかみがちで気取らないというのが、ここ何回か会ってみてアレクセイの受けた印象だった。その柔らかな声質や話し方もあって、とても知的で魅力的な女性だと思う。亡命後、ここへくるまでに二人で苦労し、支え合ってきただけはある、似合いの夫婦だった。

『あなたとは少し違うけど』

『どこか違いますか？』

穏やかに受け答えしながら、アレクセイはそのメイク中の写真を少し撮ってもいいかと断って、鏡の中の歌姫の横顔を撮る。

単なる個人的な感覚だが、舞台裏らしい、とても自然な写真が撮れたと思う。

フィルムはあえて白黒のものを使用してみた。現像してみてできがよければ、ぜひ、この歌姫に個人的に贈ってみたい。

『ええ、あなたは落ち着いていていつも穏やかなの。マスコミの方だけど、長い間のお友達のように信頼できるし、色々と話しやすいわ。プライベートでもいいお友達になれそう』

ねぇ…、とエリザベートは、かつて共に手を取り合って東ベルリンから一緒に身ひとつで亡命してきたという夫を見上げた。

『それはジャーナリストとして本望ですね』

笑顔ひとつ、言葉ひとつで相手からありとあらゆるカードを引き出せというサエキの言葉を胸に、アレクセイは穏やかに答えながらシャッターを切る。

おまえは下手な演技をして相手との距離を詰めるより、自然体でいた方が十分にエリザベートの信頼を得られると言った、まるでこのエリザベートの言動を見越していたようなサエキの冷静な言葉が頭をよぎった。

サエキのその危ういほどに冷静な観察眼が、時にアレクセイを正体のない漠然とした不安に包む。

何とははっきり言えないが、言いようのない愛おしさ、慕わしさと同時に、あまりに怜悧にものごとを計算、把握しすぎていて恐ろしいことがある。

教授らがサエキに抱く不審の根が、少し理解できるような気がした。

Ⅲ

大学からの帰り、比較的空《す》いた地下鉄の中でドアのそばに立っていたアレクセイは、反対側のドアのところである男が手を上げ、自分に親しげに合図を送って寄越すのを見た。

背の高い男で、まだ若いが気の毒なことに頭頂部がかなり薄い。

男には見覚えがあった。以前、英国大使館にゴシップ誌の記者としてソフィアと共に潜り込んだ時、同じような大衆誌の記者として声をかけてきた男だった。

教授からは特に問題ないと告げられたが、サエキが個人的に接触を図った西側情報員のひとりは、自分と同じ西側情報部の人間だと言っていた。

半年ぶりに、再び男が目の前に姿を現したことに内心では驚いたものの、アレクセイはとりあえず男の合図に気がつかなかった振りで視線を逸らす。

そして、他に仲間らしき人間はいないかと、周囲に目を走らせる。

いつにない緊張が身を包む。

第一、アレクセイは地下鉄に乗り込む際にも、それなりに周囲に気を張っていたはずだ。

いつからこの男はそこに立っていたのか、用心しないとこいつはかなりの手練れだと思いながら、アレクセイはざっと車内にいる人間やその位置関係を確認し直す。

特にそれらしき人間がいないので、アレクセイはそのまま次の停車駅で降りる振りを装い、この場を離れようとした。

しかし、男の方もさっと距離を詰めてくる。

「やぁ、久しぶりだ」

男は親しい知人に会ったようにアレクセイの肩を叩き、英語で屈託なく声をかけてくる。

『失礼ですが…』

男の意図が見えないため、アレクセイはドイツ語で答え、あくまでもやんわりと相手に気づかないふりを通そうとした。

「以前に一度、お会いしたでしょう。クルーニーです」

男はやや強引な形でアレクセイの手を取り、握手する。

『申し訳ありません。どなたかとお間違いかと』

人目もあるため、あくまでもドイツ語で腰低く別人であるとしらを切ろうとするアレクセイに、クルーニーはアレクセイの手を握ったまま、悪戯っぽくウィンクをして低く囁《ささや》いた。

「君は『フェイス』のカメラマンだったと思うよ」

アレクセイはクルーニーの妙に親しげな態度に困惑しながらも、やむなくその手を握り返した。

「確かに久しぶりかもしれませんね」

アレクセイは不快に思われぬ程度の挨拶を、低く英語で返す。そして、ドアを指し示した。

「とりあえず、僕は次で降りますが」

「偶然だ、僕も次で降りるところだ」

いけしゃあしゃあと言ってのけると、クルーニーは言葉通り、アレクセイと共に次の駅で降りた。

「ひどいな、ずいぶん探したのに」

パーティーで会った時同様、人なつっこい態度で男は笑いながらアレクセイを責めた。

いずれ、かなり友好的な態度で接触があるかもしれないとは言われたが、こんなにも親密な態度を取られることにアレクセイは戸惑う。

不測の、そしてずいぶん危険な事態でもあった。ぬかりなく周囲に目を配りながらも、同時にこの男をどうしたものかとアレクセイは考える。できることなら、この場は穏便に切り抜けたい。

さっき、強引にアレクセイの手を取ったところを見ると、人当たりよくは見えるがこのクルーニーにもそれなりに武術の心得はあるように思えた。

アレクセイも本気にさえなれば振り払うことはできるが、今はとにかく人目に立ちたくないし、むやみにトラブルを起こして警察機関などの目につくことは固く禁じられている。

「キャンベル…、確か、A・キャンベルだったろう？」

アレクセイは目の端で、階段までの距離を測る。五十メートルそこそこ…、いっそ、隙を見て走り出してやろうか、しかし、その際にこの男は叫び声を上げて人を呼んだりしないだろうかと算段しながら、アレクセイは曖昧に微笑んだ。

「逃げようなんて思わないでくれよ。君の正体はもう知ってるんだ、だからそんなに警戒しなくてもいいよ。あの会場でも、本当は『フェイス』のカメラマンじゃないことなんてわかってた」

アレクセイは黙ってクルーニーの人の良さそうな顔を見た。

ずいぶん友好的で、今すぐに襲いかかられることもなさそうだが、意図が読めない。

よもや、こんな大胆なやり方でコンタクトをとってくるなど、思いもしなかった。

「君も僕の正体を薄々感づいているとは思うけど、僕らはできれば君の協力を得たいと思ってる。このことは『α《アルファ》』も承知だ」

聞き慣れない名前だが、『α』というのはコードネームなのだろうか。

敵か、それよりもむしろ、この言い方では味方の…、とアレクセイは穏やかなままの表情を変えずにざっと考えを巡らせる。

クルーニーは降参だというような仕種で両手を上げると、苦笑した。

「すぐに信用できないのも無理はない。ジャケットの胸ポケットに手帳が入っている。それを取り出したいんだが、かまわないだろうか？」

男の言葉に、アレクセイは相手のジャケットの胸ポケットを上から指の背で軽く叩き、そこに銃やナイフがないことを確認した。その間もクルーニーはどこかおどけたような顔で両手を上にあげ、無抵抗な態度を示している。

アレクセイが頷くと、クルーニーはジャケットの胸ポケットから手帳を取り出し、電話番号を書き付けてアレクセイに差し出した。

「もし君が納得してくれたなら、この番号に連絡が欲しいんだが…」

アレクセイは用心深くそれを受け取る。何がこの男の正体につながるかわからないので、得られるものは得たいが、こちらからは極力何も情報を与えたくなかった。

「君がベルリン自由大学の聴講生だってことは…、特にクリューガー教授の授業を熱心に聞

きに通ってるってことはわかってるから、また、こちらからも声をかける」

本当にいろんなことを調べあげた上でつけてきているのだと、アレクセイは気を引き締める。

そして、最近、少しこの生活に慣れてきて、どこかで緊張感に欠けていたのではないかと悔やんだ。

手渡された番号にちらりと目を落としてみたが、覚えのない番号だった。

クルーニーは苦笑すると付け足す。

「やっぱり君も東側の人間だな。いざとなれば目の表情が消えるよ。カーテンの向こうに自分の表情を押し隠してしまうんだ。もとは軍人なのかな？　ずいぶん姿勢がいい。君とは悪い関係にはなりたくないんだ。ベルリンは親しい友人は作りにくい街だからね。でも、君と分かりあえばいい友人になれると思う。次は笑顔を見せてくれることを願ってるよ」

それじゃあ、また…、と言葉通り親しい友人にでもするように手を上げ、クルーニーはホームに入ってきた地下鉄に乗り込んだ。

敵側スパイを寝返らせる徴募部員の話は聞いているが、こんな大胆な声のかけ方をしてくるものなのかと半ば驚き、半ばは急速、かつ周到に下調べした上で近づいてきた相手を恐ろしいようにも思いながら、アレクセイはクルーニーの乗った地下鉄を見送る。

もっともどこで何を話しかけられたところで、多分、不審に思うことには変わりないだろうが…、とアレクセイはようやく肩の力を抜いた。

「…あの男が接触を…？」

地下鉄の中でクルーニーに話しかけられたというアレクセイの話に、サエキはわずかに眉を寄せ、アレクセイが受け取った電話番号のメモに目を落とす。

「このことは『α』も承知だ…と言ってました」

「『α』も…？」

普段、ポーカーフェイスに近いサエキは珍しく、ちょっと虚を衝かれたような顔をした。

しかし、アレクセイの問いにも、サエキはまっすぐにアレクセイの目を見つめ返したまま、いつものように表情薄い顔で短く答えただけだった。

「『α』というのは？」

「モスクワにいる男だ」

そして、それ以上は敵だとも味方だとも語ろうとしない。

だが、サエキの雰囲気から何となく、味方、あるいはサエキの上に位置する人間なのだろうという察しはついた。

けれども、アレクセイがしばらく待ってみても、サエキはそれ以上のことを詳しく話そうとしなかった。サエキが語ろうとしないのなら、アレクセイもそれを無理に探ろうとは思わない。きっとサエキのすることなら、何か意図があるのだろう。

「この番号はしばらく預かっておく。他言は無用だ。特に教授には絶対に洩らすな。次に大学に行くのは来週だろう？　それまでには何とか手を考えてみる」

サエキはそれだけ言うと、腕の時計に目を落としてアレクセイを促した。

「教授から呼び出しがあったんだ。出よう」

サエキはまだ他にも何を知るのだろうと、教授のアパートに向かう道でもアレクセイは複雑な思いだった。

「車が欲しいな、これまでは面倒だと思っていたんだが…、どこかで調達するか」

バスを待つ間、サエキが呟く。

だが、その横顔はどこか心ここにあらずといったふうでもあった。本気で車が欲しいと思っているようでもない。

無理に探るつもりはないが、クルーニーの言っていた、そしてサエキの語ろうとしない『α』という存在はずいぶん気になる。

もしかして予想以上に、事態はあまりありがたくない方向に流れはじめたのではないだろうかと、バスの中で触れあったサエキの肩の温度を意識しながらアレクセイは考えていた。

そして、こうなってみるとサエキが上機嫌であった頃の平穏な日々が、とても懐かしく大切なように思えるのは、ずいぶん勝手な話だとアレクセイは虚《むな》しく思った。

Ⅳ

数日後、サエキは教授のアパートの数駅前で地下鉄を降りたあと、街角のインビスと呼ばれる軽食のスタンドでコーヒーを買った。

アレクセイは今日、雑誌の撮影の補助スタッフとしてスタジオに詰めている。

四月のベルリンの気温は低く、まだコートが手放せない。

外のテーブル席でコートをまとったまま、サエキは熱いコーヒーを口に含む。

教授との約束の時間までは十分に間があった。

サエキはそこそこに無難な味のコーヒーの紙コップを、じっと眺める。

アレクセイやダビッドと一緒の時ならともかく、サエキひとりで教授の部屋に行ったところでコーヒーの提供などとても望めない。

別に教授が故意に飲み物を惜しんでいるわけではなく、昼間は教授のそばで秘書のような役割を果たしているソフィアが、サエキのためには頑として動こうとしないためだった。

サエキにとってはまさに天敵、きっと悪魔があの女を作り上げたに違いないと、サエキはコーヒーを薄い表情で見下ろしたまま、内心毒づく。

ソフィアはアレクセイを気に入ったようで——もっとも、アレクセイに反感を覚える人間を探す方が難しいとはいえるが——、そのアレクセイとサエキが関係したことをいつの間にか嗅《か》ぎつけたらしく、以来、さらにサエキへの悪態は熾烈《しれつ》なものになっている。

どうやらかなり本気で、サエキがアレクセイをたらし込んだと思っているようだった。

まぁ、当たらずとも遠からずといったところだが…、とサエキは冷たい風にコートの襟を立てる。本来なら情報員同士の恋愛沙汰は御法度で、ソフィアの非難もまったく見当違いのものでもない。

アレクセイは…、サエキは道路を挟んで向こう側にある公園の並木を眺めながら考えていた。

今、東西冷戦の最前線のひとつともいえるこの西ベルリンに、工作員として送られてきているこ と自体が不思議な、寡黙で真面目、豊かな人間性のある男だった。

——私の生涯をかけて…。

あの時、サエキの前にひざまずき、サエキの腰を抱くようにしてあの男は誓った。

——あなたに永遠の忠誠を…。

あの言葉がアレクセイの口から零れた時、サエキは身体中が震えるような興奮に包まれた。

今もあの時の思いは忘れられない。やっと手に入れたと思った。

あの無情な国で生き抜くためだけに、サエキは時にゲームの駒のひとつのように自分の身体や存在を扱いながら、長い間、ひとりで過ごしてきた。

何年もそうして過ごすうち、その考え方に疑問も抱かないようになっていた。涙や人間的な感情らしきものなど、とうの昔に枯れ果て、サエキの中で何の価値もないものとなっていた。少しでも生き延びるため、良心や道徳観などはとっくに悪魔に売り渡している。

アレクセイはそれが悲しいと言ってサエキのために涙をこぼした、ただのひとりの人間だった。

サエキの存在を哀れんだり蔑《さげす》んだりする人間は多くいたが、サエキのとっくに失ってしまった価値観を惜しみ、胸のうちが醒《さ》めて乾ききってしまったことを悲しんでくれる人間がいることにサエキは驚き、動揺した。

半年ほどを共に暮らし、サエキはなおもアレクセイがサエキの中に穏やかに溶けいってくることに驚く。あの男の存在は冷めきっていたサエキの心を少しずつ揺さぶる。直接的に何か煩わしいことを言うわけでもないのに、些細な言葉や仕種、気遣いで、忘れかけていた人間的なもの、得ようとして諦めてしまったものを思い出させる。

おかしなことだ。これまで散々にこの見てくれの小綺麗さを利用して周囲を取り込んできたのに、そして当のアレクセイにしても最初にサエキの外見に動じたことにつけいって取り込んだに近いというのに、アレクセイに限っては心のどこかで裏側に隠れたサエキ自身を理解して欲しいと願っている。

　これまでサエキが誰にも見せたことのない素顔、誰にも洩らしたことのない過去を知っておいて欲しいと願っている。

　そして、サエキが今、こうして存在する動機ともなっている『α』ですら知らない、時に孤独と恐怖で押しつぶされそうになる小さな子供のサエキを、アレクセイに限っては知って欲しいと願っている。

　サエキは無意識のうちに熱いコーヒーの入った紙のコップを何度も指先で撫でた。

　情報工作員にとって、国に残された家族は本部の人質同然の存在だった。アレクセイの家族はやむを得ないが、あの男が妻や恋人といった存在を国に残してきてなくてよかったと思う。

　そうでなければ、今、サエキはアレクセイという存在を得ることができなかった。

　あの男は自分を信頼する人間を、ましてや自分が愛した相手を安易に裏切るような人間ではない。実際に国に妻や恋人が待っていれば、どれだけサエキが手練手管を尽くしたとても、けしてアレクセイはサエキを受け入れようとはしなかっただろう。

　当初の意図はどうであれ、あの冷血無比なＫＧＢ本部がアレクセイをこのベルリンに送って寄越したことだけには、サエキは今も感謝している。

　今ではサエキにとって、アレクセイが常にそばにいることがごく当たり前で自然なことになっている。

　ここ最近は特に込み入った指示が与えられるわけでもなく、不透明で不安定な先への不安はあるものの、サエキにとっては珍しく穏やかで心休まる日々だった。

　その時、サエキのテーブルにとんと四折りにした新聞を置いた者がいた。

　そこのインビスで売っていた英字新聞だ。

　サエキは度の入っていない眼鏡越しに相手を見上げる。

　白髪交じりの髪薄い頭にハンチング帽をかぶり、薄手のカジュアルなコートをまとった体格のいい年配の男が立っている。見た目は午後の散歩を楽しむ、品のいい初老の男といったところだった。それ以外には特に目立った特徴はない。

「待ったか？」

　男は少しドイツ語訛りのある英語で話しかけてきた。

「いや、早めについていた」

　サエキはコーヒーを手に立ち上がると男を促した。

　屋外を歩きながら話すのが、もっとも他人に話を聞かれる心配がない。

　親子のように肩を並べると、通りを渡って公園の方へと向かいながらサエキは口を開く。

「このあと、教授のところに行く予定だから、今の所はまだ取り立ててこちらから情報はないんだが…、この間のクルーニーという男の件は調べてもらえただろうか？」

「男の接触について、『α』は了解した。互いに利害関係があるので、うまく対処するようにとのことだ。よくすれば、教授の裏をとれるかもしれない」

了解したというのはかなり微妙な言い回しだなと思いながら、サエキは頷いた。

やはり急なクルーニーの接触について、後追いで承認したというのが正しいのかも知れない。

男は英字新聞を小脇に抱えなおしながら言った。

「教授のところで出る話のひとつは、おそらくロンドン行きの話だと思う」

「それは以前にも教授からちらりと聞いたことがある。理由は言ってなかったが、中東に飛ぶ前にロンドンに行けという話だった」

「おそらく、GRU《ゲーエルウー》の本意を探りたいんだろうと我々は見ている」

「GRUの？」

サエキの問いに、男は重々しく頷いた。

GRUこと、ソ連国防軍参謀本部の情報組織である情報管理本部は、表向きはKGBの管理下にある。

GRUは西側の防衛力や攻撃兵器、戦力などの情報を収集する一方で、ソ連軍のプラハ侵攻やアフガニスタン侵攻を先導した世界最強レベルともいわれている特殊部隊を擁し、養成している。また、海外のテロリストを養成するのも、このGRUだった。

第二次世界大戦中、ソ連でもっとも成功したスパイといわれているゾルゲも、ＫＧＢではなく、もとはこのＧＲＵの将校である。

ＧＲＵはソ連軍の誇る、それほどまでに重要、かつ優れた組織でありながら、いまだにＫＧＢによる事前調査と承認を得なければ、情報将校を海外へ派遣することもできない。

それゆえに、ＧＲＵ側は自分たちの首根っこを押さえているＫＧＢを、極端に嫌っているという話だった。

ＫＧＢ本部によるアレクセイの引き抜きを、一度は海軍サイドで断ったと聞いているが、それもおそらくはＧＲＵの判断だろうとサエキは踏んでいる。

いかにもＫＧＢの干渉を嫌うＧＲＵらしいとは思ったが、結局は子供の喧嘩のように欲しいと駄々をこねたもの勝ちで、ＫＧＢに押し切られた形になったようだ。

「『α』はこの機会に、ＫＧＢとＧＲＵの反目をより深めたいと考えている」

「なるほど」

サエキは頷いた。

「君が中東か…」

男は呟いた。

「向いてないかな？」

サエキの問いに、男は肩をすくめるにとどめる。

「よもや、あんな地の果てに行かされる羽目になろうとは思わなかった。砂だらけで、怖いぐらいに乾いたところなんだろうな」

サエキが子供のようにこぼすのに、初老の男は気の毒そうな目を投げる。

「西と東の融合する、他にはない異文化圏だな」

「あんな土地では、どんな理屈も通用するもんか。太陽のギラギラ照りつける、水のない乾ききった国だなんて、考えただけでぞっとするよ」

かつて極東から欧州、さらには東欧、そしてまたアジアへと自らの意思とは関係ない強い力で転々とすることを余儀なくされたサエキにとっても、東の理屈も西の理屈も通用しない中東というのは、砂嵐が吹き荒れる乾いた地の果て…、まるでこの世の果てのように思えた。


『やぁ、今日もよく冷え込むね』

机の向こう側に腰掛けた教授は、今日もにこやかに、まるで愛弟子や可愛い孫を迎えるように嬉しそうにサエキを迎える。

この裏切者のユダヤ人め…、とサエキは内心毒づいた。

もともとサエキにはヨーロッパ文化に根強くあるユダヤ人に対する偏見はないが、この男に限っては別だった。

過去を巧みに隠しているが、かつての収容所の生き残りのユダヤ人であるという線は徐々に濃厚になりつつある。

かつて収容所で死を待つばかりだったユダヤ人たちが、自分たちを解放してくれるソビエト軍を含めた連合軍がやってくるのを歓迎したというのはわかる。

しかし、同時にレーニンやスターリンに始まるあの手この手のソ連政権下のユダヤ人に対する迫害を知らない者はまずいないだろうし、この奸知《かんち》に長《た》けた男がそれを知らないはずもない。

本部内の第五管理本部、第六局にはユダヤ人問題を扱う専門局があり、今やソビエト国内のユダヤ人に対する締め付けは西側のどの国よりも厳しいものだった。

老獪な教授の根本にある信念が何かを、サエキは知らない。

また、理解したいとも思わないが、同胞を見捨ててまで巨大な利権に荷担する人間、それ以前にこの男の人を人とも思っていない考え方には嫌悪を覚えるばかりだった。

『今の所、アーレックスの首尾はどうだね』

教授は尋ねる。英語はもちろん、フランス語の本も書架や机の上に置かれた書籍の中に混じっているので、数カ国語は理解しているはずだが、今のところ、サエキはこの男がドイツ語と強いドイツ語訛りのある英語以外の言葉を話すのを聞いたことがなかった。

その英語も普段はほとんど用いることもなく、サエキなどに話しかけてくる時には常にドイツ語のみを使う。ロシア語などは、その口から聞いたこともない。

つくづく用心深く、容易には尻尾をつかませない相手だ。

西ベルリンにやってきた時から、サエキはソフィア、ダビッド以外に教授が束ねているはずのヨーロッパ内の情報員組織の実態を探っているが、かろうじてそのいくつかの組織の名前がわかるようにはなったものの、詳しいメンバーについてはまだ手がかりもない。

そのあたりの状況も考慮して、『α』はアレクセイをクルーニーという男に接触させ、新しい切り口からその正体を探れるかもと考えたようだった。

『上々です。五人のターゲットのうち、四人はすでに親しく話をする仲に。うち、女性二人は異性としてもかなりの好感触を得ているようです。あとのひとり、ベルリン自由大学の教授である、エルハルト・クリューガーもすでに向こうはアレックスの存在を認知済みで、聴講生としての印象も悪くないようなので、ここひと月以内には近づくようには言ってあります』

ふむふむと、教授ができのいい生徒の評価でも聞くように頷いたのに、サエキは控えめに同意するにとどめた。

『そろそろ彼も単独で仕事ができるだろうか?』

『内容によるとは思いますが』

『「濡れ事」をさせても、彼なら上手くやれると思わんかね?』

濡れ事…、実際にはその淫靡《いんび》な響きとは裏腹に暗殺を示す物騒な隠語に、サエキは妙な胸騒ぎを覚えた。

おかしい、何かが少しずつ嚙み合わなくなりはじめている。

アレクセイにいきなりそんな異様な指示が下るなら、さっき、『α』から何か一言ぐらい連絡があってもいいはずだった。

情報が錯綜《さくそう》し始めているのは、どこに端を発するのか。

それはサエキにとって危険を意味しないか…、頭を巡らせる一方で、サエキは努めて表情を変えないように淡々と答える。

『それはＶ《ヴェ》局の人間の仕事では？』

ＫＧＢ局内の暗殺や要人警護を専門に担当する局の名前を挙げるサエキに、教授は机の上で手を組み、あいもかわらず穏やかな口調で尋ねてくる。

『サエキ、何のために彼のような専門の訓練を受けた人材が、今の時期にこのベルリンへ送り込まれてきたと思うかね？』

サエキのすぐそばに置いて、動向の逐一を監視、報告させるためだろうと思ったが、あえてそれを口には出さなかった。

いまだにこの連中は、アレクセイにサエキの動向に関する報告書を定期的に書かせている。

そのため、サエキは今もこの男の前では、アレクセイとの関係はきわめてビジネスライクなものである風を装っている。

そこのところはさすがにソフィアもわきまえていて、サエキとアレクセイとの仲を嗅ぎつけたあとも、教授やダビッドの前ではそれについてはおくびにも出さずにいる。

ソフィアとはアレクセイとのことで口論したこともあるが、それ以外のことでも始終、角《つの》をつき合わせているので、別に不審にも思われていないようだった。

『V《ヴェ》局の訓練課程は途中までだったと聞いていますが…』

『訓練では非常に優秀な成績だったよ。適性の段階で引っかかっただけだ』

単にサエキの監視役なのかと思っていたが、それだけにとどめるつもりはなかったのかとサエキは慎重に老獪な男の顔色を読む。

『非合法工作員の中にも、薬物や火器の扱いに長けた者は多いよ』

サエキはひどいむかつきを感じた。

本当に虫酸が走る。なぜこの男達は、平気でアレクセイに人を殺せと命じることができるのだろう。本当にこの連中にとっては、人間ひとりの命など何の重みもないのだろう。

そして、それにまつわる周囲の人間の心の痛みなどは、重みどころか意味や存在する意義すらないのだろう。

サエキはけして自分の言葉が感情的に聞こえぬよう、用心深く声のトーンを選びながら言った。

『徴募要員としての彼の資質は非常にすぐれたものですが、はたして「濡れ事」に関しては可能かどうか、疑問に思います。そこに少しでも不安材料があるならば、経験を持つ専門要員を招いた方が我々のリスクは少ないと思われますが』

情報が錯綜することへの不安と焦燥と同時に、自分たちを本当に駒のように扱おうとする連中への苛立ち、怒り…、それらをサエキはいつもよりもさらに慎重に胸の奥へと塗り込める。

何ら動揺が顔に出ぬよう、ただアレクセイの不首尾を危惧するだけ、その責任を問われることだけを案ずる保身的な指導官に見えるよう、極力表情を調整する。

そんなサエキの一部始終を、目の前の狡猾な男は濁りかけた目でぬかりなく見ている。

『アーレックスは非常に優秀な腕を持っている。あとは本人の覚悟次第ではないかね？　どんな経験豊富な専門要員だって、最初は初心者だよ。君にはぜひ、彼のやる気を引き出す役目を負ってほしい』

この男は、アレクセイを即座に殺人マシンにでもなりうる万能な手駒に仕立て上げたいのだと、サエキは直感した。

ただそれだけの理由で、この男はアレクセイにも手を下せと、経験を積めと、本部に対して『漏れ事』の要員としてアレクセイの名を挙げたのだろう。

こうしてこの男達は、サエキの忍耐力を何度も試す。この男にこうして煮え湯を飲まされるのは、これで何度目だろうと思いながら、サエキは困惑したようなわずかな笑いと共に肩をすくめて見せた。

アレクセイに手を下せと指示するぐらいなら、まだ直接にサエキ自身で他人に手を下せと命じられた方がましだ。

『了解、努力します』

目の前で死にかけている人間がいても、それを平気で打てと命じることのできる人種がいる。この男は間違いなくその狂気じみた人間のひとりだ。

『それとサエキ。近いうちに、イギリス行きのチケットを手配する予定だ。イギリスでは、GRUの動向を探ってほしい』

『GRU？』

ではやはり、『α』からの情報は正しかったのだとサエキは思った。だが同時に、どこか別の指揮系統が勝手に動き始めている。

これはいい兆候なのか、悪い兆候なのかと考えながらも、サエキは顔色ひとつ変えずに男をみつめ返す。

『α』に拮抗《きっこう》するような勢力が台頭しつつあるのか、それともかつて『α』が目指したように、この連中が築いた本部内の盤石の地盤に大きな揺らぎや歪みが生じつつあるのか。

最終的にソビエト建国にあたってレーニンが目指したのは、平等社会の理想郷だったのだろうが、どんな理想を掲げたところで、もとより千年も続くような夢の王国など存在しない。この恐ろしく狡賢い男に限って、それに気づいていないのだろうかとサエキは思う。

歴史を振り返ってみても、千年と続いた国家などない。

ソビエトなどは建国四十年ほどですでに経済産業は停滞し、官僚の腐敗は末期まで進行している。真面目に努力してもコネがなければ報われず、逆に能力はなくともコネのある官僚子息などはいとも簡単に富と権力を手にすることができるという点では、下手な資本主義社会よりもよほど質が悪い。

自分たちの立場を上げるために人を手にかけるように無造作に命じながら、その根幹に関わる問題に気づいてないのではないか…、サエキはいつになくまじまじと目の前の年老いた男の顔を見つめていた。

それとも気づきながらもあえてそれから目を逸らし、ただ目先の保身だけを考えているのか…。

この男に限っては私利私欲に生きているのか、それとも偏った思想信条に生きているのか、それすらもよくわからない。

だが、未来永劫《みらいえいごう》理解できなくてもいい。

とりあえず、至急『α』にはこの異常を連絡しなければならないとサエキは思った。

『そうだ、GRUの動きが気になるとの報告があった。人間関係などの詳しい資料は、またクルッに届けさせる。目を通しておくように』

『了解』

サエキは短く答えると踵《きびす》を返した。

いずれにせよ、いくらでも手にした力に酔いしれているがいい。おまえ達の掲げるその理想の千年王国への愚かな夢を、いずれこの手で打ち砕いてやる…、サエキはこれまで何度となく固く誓った言葉を、胸中で再び繰り返す。

砕くことができなくとも、その破滅へとつながるなにがしかの布石となってやる…、ただそれだけのために、それだけを心の拠《よ》り所にして、サエキはこれまで生きながらえてきたのだから…。


サエキがアパートのドアを開けると、ちょうどタオルを手にしたアレクセイがバスルームに入ろうとしているところだった。

「お帰りなさい」

アレクセイはいつものように穏やかな笑みを浮かべ、クィーンズ・イングリッシュで迎えの言葉をかけてきた。

ドイツ語も半年ほどで日常生活には支障がないほどに使えるようになっているところを見

ると、おそらくもともと耳がよく、言語習得のセンスがあるのだと思う。

注意した発音や言い回しは正確にものにする。今や、ネイティブのイギリス人であることを疑う者はまずいないだろうという流暢さだった。

アレクセイの温和な声と表情に、サエキの塞ぎかけていた気分が少し晴れる。

「風呂に？」

「お帰りがまだだったので先に済ませようかと思ったのですが、よければ先に使って下さい」

あいかわらずアレクセイの態度は折り目正しい。

サエキと関係を持って以降も、必要以上に馴れ馴れしく踏み込んでくるわけではなく、ある一定の節度をちゃんとわきまえている。

この男の見せる賢明な節度は、サエキが深くこの男を信頼し、安心して自分の無防備な一面を見せられる理由のひとつとなっている。

「いい、先に使ってくれ」

「じゃあ、お先に」

コートを脱ぎながら答えたサエキに、アレクセイは頷いてバスルームに入った。

サエキは長身の男の後を追うと、開いたドアを入り口でノックする。

「横で洗面台を使っても？」

「どうぞ」

アレクセイは白い琺瑯の浴槽脇の椅子に着替えを置きながら気さくに答えると、無造作にセーターに手をかけ、服を脱ぎはじめた。

サエキは手を洗いながら、黙って横目にその様子を見る。

男が紺のタートルネックのセーターと、下に着込んでいた長袖のシャツとを脱ぎ落とすと、しっかりと筋肉のついた広い肩が露わになる。

アレクセイは非常にバランスのいい引き締まった男性的な体格を持っているだけでなく、立ち姿ひとつをとっても、秘められた瞬発力、力強さと同時に彫刻のような優美さが感じられた。顔立ちばかりでなく、ここにもアレクセイの北欧系の血が色濃く出ている。

ベルリンにやってきても、朝晩、身体が鈍《なま》らないようにアレクセイが自主的に腕立てや腹筋などのメニューをこなしていることは知っている。そのせいか、引き絞ったような美しい体軀《たいく》には崩れが見えない。

V局の養成員だった頃には、世界最高峰の格闘技術を有し、西側からは世界最強の特殊部隊とも呼ばれ、恐れられているスペツナズ（ソ連特殊任務部隊）上がりの教官から直接に訓練を受けているはずだった。

非常に優秀な成績だったと言われるからには、素手であっても人ひとりぐらいは容易に仕留めるほどの技術は持っていることだろう。

「どうしました？」

アレクセイはサエキの視線に気づいていたらしく、ジーンズに手をかけたまま振り返り、穏やかに微笑んだ。

サエキはタオルで手を拭いながら、それにわずかに肩をすくめてみせる。

軍隊生活のためか人前で着替えたり、シャワーを浴びたりという、日常的に裸体を見られることには慣れているのだろう。

アレクセイはそれ以上サエキに問いかけることなく、コックをひねって湯の温度を確かめると、そのまま無造作にジーンズを脱ぎ落として浴槽の中へと足を踏み入れる。

古い、年代物の四つ足のついたアンティークな浴槽だが、ドイツには珍しく一回あたりの湯量も多く、サエキのお気に入りの浴槽だった。

「バスキューブは使わないのか？」

サエキが声をかけると、アレクセイが浴槽の中で不思議そうに振り返った。

サエキは洗面台の横のキャビネットからベルガモットの香りのバスキューブを取り出し、羽織っていたセーターを脱ぐと、シャツの袖をまくり上げながら浴槽の横に膝をついた。

柑橘《かんきつ》系にも似た芳香を放つキューブの包装紙を剝《は》ぎ取り、浴槽に身体をつけたアレクセイの前に差し出す。

「入浴剤ですか？　とても贅沢なものですね」

いい香りだとアレクセイは微笑んだ。

ごくありふれた日用品なので取り立てて説明したこともなかったが、ずっとソビエトで過ごしたアレクセイの言葉は無理もないものだった。

ソ連でバスキューブなどを目にしたことのあるのは、輸入品を自由に手にすることのできるよほどの高級官僚か、海外勤務経験のある大使館員、海外に出る機会のある芸術家、スポーツ選手ぐらいのものだ。

「あなたがバスルームを使われたあと、よくいい香りがすると思ってたんです」

「香りだけじゃない、硬水を柔らかくなめらかにする効果もある。長くお湯を使っても、肌が荒れない」

アレクセイがごく浅いところでお湯を止めようとするのを制し、サエキは浴槽の中にバスキューブを割り入れた。

浴槽に湯量が増えるにつれ、ベルガモットの爽やかな香りがバスルームの中に立ちこめてゆく。

シャツの袖をそのままに、サエキは湯の中に腕をつっこみキューブを混ぜ溶かした。

「…サエキ、シャツが濡れます」

「かまわない」

困惑したようなアレクセイの声に片頬で笑うと、サエキはバスタブの縁に腰掛け、ようやく濡れたシャツの袖を肘《ひじ》までめくり上げた。

そのまましばらくじっと湯に浸かっているのかと思いきや、アレクセイはさっさと身体を折り、髪を濡らし始める。

子供の頃から住んでいたアパートの共同シャワーのせいなのか、シャワーの使用時間に制限のある軍隊生活のせいなのかは知らないが、基本的に長く湯に浸かるという習慣がないらしい。

サエキは腕を伸ばし、アレクセイの肩を引き起こす。

「身体が温まるまで、しばらくじっと浸かってたらどうだ」

「すみません、なかなかそういう習慣がなくて…」

「お湯に浸かってぼんやりとしているのも、慣れるとそう悪くはないものだ」

サエキはバスタブの縁に腰掛けたまま、どことなく落ち着かない様子の男の肩から首筋にかけて湯を何度もすくってかけてやった。

アレクセイの黒髪は濡れるとずいぶん官能的なものとなる。背は高いくせに、頭部は小さく形がいい。

その頭の形が露わになると、どちらかというとノーブルな印象のある顔立ちが一転して男性っぽさが強調され、深い湖のような藍色の瞳や彫りの深さなど、野性的な面が覗く。

優美で穏やかで、素手でも容易に人を殺すことができるほどの獰猛《どうもう》さを内面に持つ男。

家族や友人に囲まれて、質素であっても温かな生活を送ってきたはずのこの男も、サエキと同じように本人の望むと望まざるとにかかわらず、生まれ持った資質ゆえに翻弄《ほんろう》される運命にあるのだろうかと、サエキはアレクセイの髪をかき上げ、そのこめかみに口づけた。

「サエキ?」

アレクセイは控えめに声をかけてきた。

「何だ?」

「…いつもと少し様子が違うように思えて」

アレクセイは穏やかに微笑んだ。

この男ならではの察しのよさに、サエキは少しやるせないような思いになる。

いっそ、こんな細やかな心遣いとは無縁の男であってくれたなら、サエキもこうまでこの男を大事には思わなかった。

「特に何もない」

サエキの返事をどう思ったのか、アレクセイはただ頷き、サエキの好きに任せる。

「そういえば、家にはその後、何度か手紙を?」

「ええ、ふた月に一度という約束で、ダビッド経由で送ってます」

「ふた月に一度など、ほとんど送れないに等しいじゃないか」

サエキは呟く。

「それでも手紙を送れるだけ、まだましかと」

アレクセイは半ば諦めたように笑う。

実際、アレクセイは国を離れて、少しずつ何かを諦めはじめているようにも思えた。

サエキのように普段から投げやりな言動が見えるわけではないが、静かに何かを観念し始めているようだ。

「ダビッドの様子はどうだ？」

「特に変わりないように思えますが」

「だが、お前に好意を持ってる」

そうでしょうか…、とアレクセイは低く呟いた。

その表情は微妙だ。

もとがストレートであるため、サエキと関係していても、同性であるダビッドが自分に好意以上の気持ちを持つという感覚が今ひとつわかっていないのか、ダビッドの寄せている好意自体がまださほど特別なものに思えないのか。それとも、好意を寄せられたところで…、という困惑もあるのか。

「人間の持つ好悪の感情というのは、何よりも厄介《やっかい》で、簡単には御しがたい要素だ。それだけにすぐれた情報員ほど、人当たりがよく、周囲の人間の好意を得ているものだ」

サエキは手を伸ばし、アレクセイの肩から首にかけてをゆっくりマッサージしてやりながら静かに言い聞かせる。

「とことんもったいぶってやれ、アーシャ。何もお前を安売りしてやる必要はない。わざわざ関係を持つ必要もない。ダビッドだって、お前と関係を持つことの危険は百も承知だ。あいつは馬鹿な男じゃない。だが、簡単に手に入らないものほど、魅力的に見えるのも事実だ。ダビッドも人の子だ。少なくとも、『教授』なんかよりはよほど御しやすい。人間、好意を持った相手には、多少、無理を頼まれても嫌だとは言えなくなる。お前の気を引くために、甘い顔を見せたくなる。笑顔ひとつ、言葉ひとつであいつが舞い上がるように、ヤツの中から十分に好意を引き出せ。そうすればふた月に一度の手紙が、ひと月に一度、やがては二週間に一度というのも夢じゃなくなる。すべてはおまえの腕次第だ」

「…はい」

言葉少なにアレクセイは頷く。

理屈で理解できても、気持ちの整理がついていないのか、表情はまだ複雑なままだった。

「クリューガー教授には接触できたか？」

「ええ、今日幾つか質問をして、コーヒーを飲みついでにお話を」

「よし、上等だ。この間のローマン夫妻との距離感もよかった」

サエキはアレクセイの腕に自らの腕を絡め、着実に難しい指示をこなしてくるアレクセイを褒める。

アレクセイはクリューガーに質問するにしても、エリザベートにインタビューするにしても、事前に言われるまでもなく自分から色々とかなりの時間をかけて入念に下調べをし、親しく話を詰めている。

エリザベートについては、おそらく本当に記事を書けるのではないかと言うほどに様々なテープやレコードを聞き、批評や記事などもよく読み込んでいる。今ではもともとファンだったサエキよりも、エリザベートについては詳しい。

「この間、楽屋裏で撮らせてもらったエリザベートの写真を現像したところです。とてもいい表情で撮れてると思うので、引き延ばして彼女にプレゼントしようと思っています。後でご覧になりますか？」

「ああ、見よう」

サエキは頷く。はっきりと目に見える成果は少ない仕事だが、正直、半年程度でここまで着実に仕事をこなせるとは思っていなかった。

写真の腕などはまだまだ勉強しなければとアレクセイは自戒しているようだが、もともとなったアレックス・キャンベルの撮った写真自体があまり優れたレベルではなかったので、今のアレクセイの立場を疑われることはそうないだろう。

どちらかというと、アレクセイの撮る写真の方が、技術、叙情性などでは勝っているぐらいだった。

アレクセイが時折、西側の観光客に混じって撮ってくる『壁』の写真などは、妙に胸に響き、訴えかけてくるものがある。

「この間、別れ際にハインツが、今度一緒に食事をと…」

「それを社交辞令にとどめるな。明日電話をかけて、確実に約束を取り付けてこい。食事には、私ではなくソフィアを行かせるから。あの女が邪魔なら、おまえひとりで行ってもいい」

「了解」

アレクセイは目を伏せがちに短く答え、長い脚を少し折っていたのを伸ばし、バスタブの縁に引っかけるようにした。

基本的には、こんな打算や計算ずくの人間関係などは好まない正直な男だ。

こうしてひとつずつ、情報員としての立ち回りを教えるたびに、サエキは自分の手の中で美しく光っている宝石を、自ら少しずつ傷を付け、その光を鈍らせているような気がした。

「あと、クルーニーの件だが…、あの男はしばらく泳がせながらそばに置け。友人になりたいというなら、形だけなってやれ。あの男はそれなりに使える」

「ずいぶん下心の見える友人ですね」

アレクセイは苦笑し、ちょっと考えるような様子を見せた。この男なりに、クルーニーとの距離の取り方を考えているのだろう。

「アーシャ」

浴槽脇に膝をつき、サエキはアレクセイの目の奥を覗き込んだ。

「何があっても私を信じることはできるか？」

低く尋ねると、アレクセイは意外そうな顔を見せ、静かに笑った。

「あなたを疑ったことなど一度も……」

サエキは複雑な思いで、男の濡れた頬に触れた。

「……アーシャ」

サエキはシャツの濡れるのもかまわず、男の身体を抱きしめる。

「サエキ？」

不思議そうにアレクセイがサエキの身体を抱きとめる。

その頬を撫で、サエキは男に口づけた。

アレクセイは困惑したようにサエキの身体を抱きとめたものの、やがてゆっくりとサエキの髪や頬に触れ、丁寧にキスを返しはじめる。

サエキの知る限り、一番穏やかで欲のない、温かなキスをする男だった。いつもサエキを宝物のように、そっと大事に扱おうとする。

浴槽の中に手をつき、喉を鳴らし、サエキは男の舌先を追った。

アレクセイはそんなサエキの性急さを、そっと受け止める。指先を絡め、舌先を絡め、サエキは男の頭をかき抱く。

サエキの強引な動きで浴槽の湯が跳ね跳び、肌に張り付いたシャツから雫《しずく》がしたたり落ちる。

「無茶な人ですね」

サエキの前髪をかき上げながら、アレクセイは困ったような顔で笑った。

以前、サエキが荒れて食事を取らなかった時のように、また忍耐強くサエキを受け止めようとする。

時にこの男の度量の深さは、共にいるだけで救われる。

アレクセイは腕を伸ばし、サエキの身体を抱き寄せると立ち上がった。

「服もこんなに濡れて…」

アレクセイはシャツのボタンを外し、濡れそぼってしまったサエキのシャツを剝ぐ。

そのまま抱き上げられるのかと思いきや、バスタオルで濡れたサエキの身体をすっぽりと包んでしまう。

ここまでサエキがあからさまに誘っているのに、手を出してこない男は初めてだった。

それでも、サエキはタオル越しに半ば勃ち上がった男の欲望を確かめる。自分の欲望などよりも、まずサエキの身の安全や無事を確保しようとする男だというのは、よくわかっている。

「アーシャ」

サエキは男の身体を抱きしめる。

ロシア語は虫酸が走るほどに嫌いだが、この男の名前のやさしい響きは好きだと思った。

「サエキ？」

アレクセイが戸惑うように呟くのに、サエキは伸び上がって口づける。

「また、何か教授にでも言われましたか？」

「…いや」

サエキはあの男が何を言い出したか口にする気にもなれず、首を小さく横に振る。

「…まさか、また前みたいな仕事を？」

アレクセイは息を詰め、真顔でサエキを覗き込んでくる。

「いや、違う。…大丈夫だ」

見当違いのやさしい心配に、サエキは薄く笑って、さらに背の高い男に口づけた。

すでに反応をはじめているアレクセイのものを、ゆっくりと握りしめて上下にさする。

ためらいがちにサエキの身体を抱きとめた腕は、やがてゆるやかにサエキを抱きしめた。

——エーリク…。

かつて、そして今もサエキを支え続ける男の言葉が思い出される。

——エーリク、強くあろうと思うならば…。

サエキはさして軽くもない自分の身体を抱き上げ、ベッドの上に運ぶ男の首に腕を絡めながら、サエキはあの時、彼が何を言おうとしていたのか、初めて理解した。

――けして、守るべき者を持ってはいけない。

丁寧にサエキの身体をベッドに横たえ、覆いかぶさってくる男の濡れた髪に指を差し入れながら、あの日、『α』が伝えようとした言葉の意味を、まるで聖書の格言のように遠く感じていた自分の幼さを、サエキは今初めて理解しようとしていた。

「アーシャ」

名前を呼ぶと丹念な口づけが降ってくる。

やさしい力で身体を開かれながら、サエキは困惑し続ける。

失うものなど、もうないと思っていた。

その一方で、けして失いたくないものを得たいと願い続けていた自分の矛盾に、サエキは今となってようやく気づく。

「…アーシャ」

男の頭をかき抱き、サエキは小さく喘いだ。

あとがき

かわいです、こんにちは。この「東方美人」も私がおよそ十年ほど前、最後まで書きあげることが出来ずにいた話です。それをルチルさんから、あらためて出版し直して頂くことができて嬉しいです。

そして、今となってはファンタジーのような東西冷戦時代の話です。こんな時代もあったんだー…と思えるのですが、私の学生時代半ばまではガチでした。ベルリンの壁は生まれた時からあったので、なくなる日が来るなんて思いもしなかったです。ソビエトっていうだけで、なんか重苦しくどんよりしたイメージと、融通の利かなくて強権派の、いかにも共産党幹部って感じの（そして、海苔を貼りつけたような眉毛の）ブレジネフ書記長の印象がありました。あと、隣接国にすぐに戦車突っ込んでくる国って感じ。

しかし、この話の硬さと無骨さと色気のなさ…、今の時代に逆行してるような気がして、出して頂いて大丈夫なんだろうか、本当に…。

ソビエトという国は、粛正っていう言葉がお似合いのおっかないところがある一面、共産主義がユートピアであることを対外的に示すために、テーマパークのような幸せいっぱいのでっち上げ観光用の村を作ってみたりと、外から見てる分には身体を張ってギャグをやってるような国でした。時間を経て、今の日本から見てみれば笑えるんだけど、当時のソビエト国民にとってはシュールですよね。共働きが当たり前なので、女性は勤務中に仕事をほったらかして買い物に行っちゃう（そして、数少ない物資を買うために列に並ぶのが当たり前なので、何時間も帰ってこない）とか、もはやどこを目指してるのかよくわかんない…。けど、共産主義じゃなくなっただけで、いまだにリアルでおそロシアなところもある不思議の国。

ドイツは東西に分断されてましたが、実は日本も終戦時はソ連、イギリス、アメリカ、中国の四ヶ国での分割統治計画があったそうで…、ソ連は北海道、東北、中国は四国と近畿（近畿はアメリカとの二ヶ国統治）予定だったらしく、実行されていればドイツの苦労が他人事ではなかったでしょうね。私は関西人なので、中国領にされてれば今はいなかったかも…、と十年を経て再び資料に目を通してみると、本当に今の日本に生まれてて幸せだなぁとつくづく思います。

とにかく、めんどくさい話をここまで読んで下さった方、ありがとうございます。色々手を加えてみたのですが、まだ硬くてとっつきにくい話ですもんね。

そういえば、前は固有名詞ですごい誤字があって、色んな方に指摘されたのですが、申し訳ないけど、それは私のミスではない…。さすがに旧ソ連みたいに、どシリアスを身体を張ってギャグにするほどの勇気はないです。

今回、挿絵を引き受けて下さった雨澄ノカ先生、本当にありがとうございます。今回、担当さんが「ハリウッド映画のよう！」とおっしゃってたような、すごく落ち着いたタッチと写実的なトーンで仕上げて頂いてすごく幸せです！　ハードな内容にちょっとめっそりしていたのですが、ラフを頂いた時に色々飛んでいきました。表紙がとにかく、非常に格好いい！　本格派スパイ小説みたい！　すごく嬉しいです、ありがとうございます。

担当様も時には励まし、時にはお尻を叩き…で、お疲れ様でした。すみません、引き続き下巻もどうぞよろしくお願いします。

そして、折に触れ、仕上がるのを待っているとおっしゃって下さった皆様にも（最後を見届けるまで死ぬに死ねないと声をかけて頂いたこともあったり…、本当に不甲斐なくてすみません）、今回、初めて手にとって頂いた方にも、心からお礼を申し上げます。お目を通して頂いて、ありがとうございました。

以前は三巻立ての予定でしたが、今回は二巻立てとなっております。来月二月には無事、お届けできるかと思います。

最後は大きく話が動く予定！…ですので、その時にまたお目にかかれますことを願って…。

かわい有美子

✦初出　東 方 美 人《オリエンタル・ビューティー》………ショコラノベルス「東方美人」(2004年3月)
「東方美人2 千年王国」(2005年11月)の一部を
加筆修正

かわい有美子先生、雨澄ノカ先生へのお便り、本作品に関するご意見、ご感想などは
〒151-0051 東京都渋谷区千駄ヶ谷 4-9-7
幻冬舎コミックス　ルチル文庫「東方美人」係まで。

幻冬舎ルチル文庫

東方美人《オリエンタル・ビューティー》

2014年1月20日　　第1刷発行

✦著者　かわい有美子　かわい ゆみこ

✦発行人　伊藤嘉彦

✦発行元　株式会社 幻冬舎コミックス
〒151-0051 東京都渋谷区千駄ヶ谷 4-9-7
電話 03(5411)6431 [編集]

✦発売元　株式会社 幻冬舎
〒151-0051 東京都渋谷区千駄ヶ谷 4-9-7
電話 03(5411)6222 [営業]
振替 00120-8-767643

✦印刷・製本所　中央精版印刷株式会社

✦検印廃止

ISBN978-4-344-83033-2　C0193　Printed in Japan